拈花记

傅光堂 著

哈尔滨出版社
HARBIN PUBLISHING HOUSE

图书在版编目（CIP）数据

拈花记／傅光堂著. —哈尔滨：哈尔滨出版社，
2023.6

ISBN 978-7-5484-7257-5

Ⅰ. ①拈… Ⅱ. ①傅… Ⅲ. ①诗集-中国-当代
Ⅳ. ①I227

中国国家版本馆 CIP 数据核字（2023）第 100073 号

书　　名：**拈花记**
NIANHUA JI

作　　者：傅光堂　著
责任编辑：王嘉欣

出版发行：哈尔滨出版社（Harbin Publishing House）
社　　址：哈尔滨市香坊区泰山路 82-9 号　邮编：150090
经　　销：全国新华书店
印　　刷：四川科德彩色数码科技有限公司
网　　址：www.hrbcbs.com
E - mail：hrbcbs@ yeah.net
编辑版权热线：（0451）87900271　87900272
销售热线：（0451）87900202　87900203

开　　本：880mm×1230mm　1/32　印张：9.75　字数：65 千字
版　　次：2023 年 6 月第 1 版
印　　次：2023 年 6 月第 1 次印刷
书　　号：ISBN 978-7-5484-7257-5
定　　价：58.00 元

凡购本社图书发现印装错误，请与本社印制部联系调换。服务热线：（0451）87900279

每首诗，都是一次新发现或再否定

——诗人傅光堂访谈录（代序）

苏北　傅光堂

苏北：我是从事小说、散文写作的，近年又多致力于汪曾祺研究，自己不写诗，读的也不多。最近读了你的一些诗，感觉不错。想请教你几个问题。

苏北：你写诗多久了？

傅光堂：我的职业是农技师，后因需要，改行做了一名高中语文老师。弃理从文，且以后做得还算理想，得益于我从小就喜欢写作文。那时，我的作文经常做范文被老师宣讲。记得小学四年级的一次作文，写劳动场面的。我在里面逞能地写了一句"豆大的汗珠，在脸上滚来滚去"，不但让那堂语文课所有人都笑翻了，还成为以后同学相聚时绕不掉的谈资。我想说的是，这件事没有打击到我，反而让我对写好作文更有信心了。后来，到外地求学，古今中外的书读多了，视野也开阔起来。毕业分配，从农业局春种秋收的田间地头，走向传道授业解惑的讲台。授课之余，办文学社、搞讲座、出《牛犊文学社》社刊……那是文学最热的八十年代。八六年七月，我的一首《蛰雷》，在地区文联主办的《溪流》上发表，算是严格意义上的诗歌写作。

苏北：诗人是奇妙的，写诗也是想摆脱庸常的一种手段。能否谈谈在诗歌创作中的快乐、痛苦和迷茫？

傅光堂：所有的文学作品都是发现，诗歌也不例外。不同的是，诗歌只是发现，提出问题，但不负责提供答案。它的答案是每一个具体的人，抑或是一千个哈姆雷特。发现时，是快乐的，但发现之后的否定，却是痛苦的。二者不可抵消，且反方向作用。比如，你发现活着已不容易，而想轻松地死去，更难。某种意义上讲，我们之所以要好好地爱这世界，是不留遗憾。而诗歌不管是挽歌或赞歌，都是拯救。

苏北：你的诗，题材广泛，于时空地理间游历，在人情世故里留痕。我还是最喜欢你写故乡的那些作品。

傅光堂：滁州的醉翁亭、西涧，分别有欧阳修和韦应物的足迹。我故乡的一条黄泥路，也有他们的身影。天长离那里也只有一百多公里。不远，是空间上的遥远，回不去的是心理上的距离，是状若识面而不知心的困惑；是爱一个人要死，经常遇见，却不能把一个"爱"字说出口的迷茫。故地、河流、晨露和晚霞，贫穷、疾病、衰老和死亡，走失的儿时玩伴，埋在泥土里的亲人……都在我的诗里。

苏北：有人说，写诗就是写变化。这个变化，可以是发现、否定，也可以是自己的追求。你觉得自己的作品经历了怎样的变化？

傅光堂：初期，我写过这样的句子："我们的日子，是长翅膀的——"现在看来，抒情的肤浅，像多余的荷尔蒙。人过中年以后，这种直觉意识淡了，取而代之的是朴素和涵韵。比如我喜欢写秋天里的落叶、水落石出的河流，冬天里的一场雪……大而言之，我的诗趋于传统。有评论说："传统而不泥实，先锋而不晦涩。"虽不能至，而心向往之。

苏北：你想用诗歌告诉人们什么？是自我涅槃，还是为别人指点迷津？

傅光堂：生活是谍影重重，到处都是疑问和困惑。尽管带来更多的疑问，但在完全沉入写作的那个阶段，会觉得写作很重要，是构成自我的全部，充满了发现的快乐。如果我不写，一定是在思考下首诗怎么去写。当然，生活中有比写作更重要的事，比如喝一杯酒、在黄昏里喝一杯茶、爱一个人……写作是自省、解放，是自我救赎，是避难所，是自我为王或流寇，是精神世界的一种存在方式，为自己或别人。

苏北：生活中，有许多比诗歌重要的东西。你的诗歌在什么位置？

傅光堂：诗歌是生活的一部分，精彩的那部分。有十多年，为了生计，我没写任何文字。沉寂的时光，文字似乎离我远去了。但其实，它们一直在那，在某个地方睁着眼睛在看我。仿佛深水静流，等待一个响指；仿佛一朵沉默的花，等待一阵风的吹拂。我想强调的是，对于融入血液里的东西，很多时候，我们无法回避和遇见。

苏北：写诗三十多年，你最喜欢自己的哪些诗？你觉得做一个诗人，应该具备什么样的品质？

傅光堂：我还没有写出自己喜欢的作品。如果一定要说有，一九九四年春天写的《春天是从一个人的心里开始的》，以及近期的一首新作《现场诗》，体现了我不同时期的诗写追求。写诗一直在途中，相信有一首好诗一直在等我，这是我坚持写下来的理由。关于第二个问题，我觉得诗人不是一种职业，更不是身份。他活在当下。在人群里，不容易辨识，但诗人与芸芸众生总有些不同，或狂或癫，困于迷途而自为灯塔，绝于深渊而不自纾。他善良、慈悲，具有普世的悲悯情怀。

苏北：在中国古典诗歌中你喜欢哪些作品？有哪些诗人是你遇到的有趣的灵魂？外国诗人呢？对你影响比较大的有哪些？

傅光堂：几千年的中华文明源远流长，当然包括文学艺术。从《诗经》《楚辞》《古诗十九首》到汉赋到唐诗宋词元明曲，不论现实主义还是浪漫主义，我喜欢的诗人可以列出一串长名单。有人说，一部文学史，半部李家言。李白、李商隐、李清照……相较而言，他们对我影响甚巨。再有宋时的欧阳修和"三苏"，我读他们的作品获益颇多。至于外国诗人的作品，我读过一些，印象最深的有雪莱、泰戈尔、希梅内斯、庞德、茨维塔耶娃和赫鲁伯。读中国古典诗歌，让我学会怎样去学写诗；读外国的大家，让我知道怎样去写好诗。

苏北：好诗有标准吗？如果有，它的标准是什么？

傅光堂：我小学五年级开始读《红楼梦》，字都认不全。但这不影响我深深迷醉于某种气息。特别是宝黛的爱情，不仅让我不知流下多少眼泪，还养成了我以后多愁善感的性格。好诗与此类似。读不懂，是有些东西我们说不清楚。生活中，许多东西，我们都说不清楚。一如醉中不知愁滋味。相较而言，我还是喜欢语简意丰、疏密有致的文本。对现在所谓的学院派诗歌，我觉得如果剔除了词汇光焰的躯壳，价值所剩无几。对此我保留谨慎的乐观。因此，我还是觉得应该把诗写得明白些，让诗歌受众越来越多，岂不更好？

苏北：说到《红楼梦》，我也很喜欢《红楼梦》，这使我想到了中国的语言，新诗不同于旧诗——要对仗要押韵。中国语言的特点是有声韵，有四声，你在写新诗的过程中有声韵上的自觉吗？前不久我们在高邮，聊到了汪曾祺先生的《我的家乡在高邮》，这首新诗看起来是民歌体，但它里面是藏着汪先生的古典文学修养的，你对写新诗在这些方面的问题怎么看？

傅光堂：中国文字是神秘的符号系统。古典诗歌是讲究声韵的。但文体的发展必须适应生活的变化，能更好地反映和表现当下。我们的现代诗才摸索着走过百年，这里有传承、发展和创新的问题。具体到我的诗歌写作，有汪曾祺所言的"苦心经营的随便"，我不去追求表面的声韵和节奏，我看好文本的内在气息。尽管这点我做得还不够好。

苏北：你刚才说学院派诗写。据我所知，走过百年的中国诗坛，什么样的旗帜都很鲜明。在探索阶段，百花齐放，不足为奇且珍贵。你怎么看待口语诗？

傅光堂：根本上讲，诗歌是生活中的另一个世界。所谓无中生有即此意。它的和谐，免于逻辑，不在二元对立之中。它时刻被稀释，是善与恶的安慰剂。只有发自内心的语言，才是诗歌的。有时我们的困惑，不仅仅是生活本身给予的，还有生活之外的东西，包括恰当的表达方式。比如语言，比如口语诗。口语不是诗，但用口语淬炼的真实，一定是诗。诗歌是情感的自然宣泄，语言本身是内容。我越来越不喜欢比喻和华丽的形容词，生命弥足珍贵，唯名词朴素，可以定义。

苏北：你说诗歌就是发现和否定。你觉得诗歌与生活，它们之间存在着什么样的关系？

傅光堂：你读我的诗，就是发现和否定。（笑）

苏北：除了写诗之外，你还有什么其他的爱好？你觉得它们和诗歌之间是否有共通之处？

傅光堂：生活是一盘棋，走每一步都想着下一步怎么走才好。这让生命充满了未知和挑战。谁的万千山水，不是你的迢迢荒丘？你心里的桃花源，也是别人的安土重迁。风平浪静或风起云涌，意属过眼云烟。工作之余，我不是在思考、在写诗，就是在游历，在他乡异国之间。我觉得这就是生活，而生活就是用来虚度的。不虚度何以度有涯之生？

注：苏北，安徽天长人，作家，多年致力于汪曾祺研究，毕业于北京大学。中国作家协会会员，中国金融作家协会副主席，安徽大学兼职教授。先后在《人民文学》《上海文学》《十月》《大家》《文汇报》等发表作品近二百万字。著有《苏北作品精品集》（六卷）。主编《汪曾祺早期逸文》《我们的汪曾祺》等系列丛书。获安徽文学奖（政府奖）、第三届汪曾祺文学奖金奖、《小说月报》第12届百花奖入围作品等多种奖项。

目 录

CONTENTS

第一辑

第二辑

第三辑

第四辑

第一辑

○ ○ ○

它身后汇聚的雨水
就要穿过远方的草丛

相　信

一滴水融入大海
一个人消失在人群中

这让我相信
大海是另一个稍大点的水滴
它从不拒绝一滴水
露水或眼泪

这让我相信
拥挤的人群，是一条相拥而去的河
它庞大、芜杂、密集地席卷
却留有缝隙

出夜摊的人

夜色，朝上浮了浮
他把它向下按了按

苹果、香蕉、榴莲、猕猴桃……
香甜有深有浅

路灯不足以朗照
他拧亮电瓶灯，加一轮光圈
暗暗欢喜

一辆平板车
重新返回生活的码头
街道略显安静
悄悄降下的霜
让他的白发站了起来

他在等

下夜班的女工、晚自习的学生

刚开始夜生活年轻人……

有一单交易值得高兴

一直没有开张也不沮丧

再等一会

他红苹果般的小女儿

就会从熄灯的教室里走来

帮他把一团光

推回或明或暗的巷道

夜深了，他还在打铁

从火炉里取出的铸铁
像一条红红的舌头
反复锤击，一条舌头的绝望
喊出这个夜晚
唯一的高音

他继续……
从铸铁里取出的火焰和柔软
一部分溅成夜幕的星孔
一部分赋予弦月镰刀的雏形
更多地，锻造成
锄头、门栓、汲水的辘轳和马蹄铁

夜深了，他重一锤轻一锤
修正一些想法
一盆水交出锋利和坚硬

还有一些边角料，做成棺钉

短短长长的棺钉

谋土为生的乡亲，似乎更需要

多做些

它们实用、便宜，不愁销路

对不起

经过的花园
相伴行走的山水

一些事，那些人
一场春水一场雪
我说：对不起

秋风浩荡，万物适得其所
对不起：那么多的落日
它次次为我羞红

种下一棵树

诗人阿尔·卡西姆种过的树
我不准备享用它的果实
枝条再茂盛，我也不会用它做柴烧
软硬有度的质地，丝滑如肤、暗香浮动
我不用它做一把琴

我只是种下它
看着它撑起的一片绿荫
从那里经过的每一天
都是幸运的
迎向我，再送别我……
几十年以后，你看不见我
你还能看见这棵树

除了约定，时间与流水
没有意义

鸟飞旧巢，云出高低

途中的一棵树

在心里酝酿风雨

你怀疑的一切，没有什么

它不可以取代

一片落叶

一片落叶，在风中
又飞了一会儿
像蝴蝶一样，飞
飞上、飞下；飞左、飞右
飞着飞着
就不像蝴蝶了

是夕阳的金币
写着名姓的请柬，一张旧船票
数张面孔已苍老

一片落叶
能飞多久、多远，像什么在飞
不是自己能决定的

当它离开一棵树
成为泥土之前
它仅仅是一片落叶

在暗处行走的人

他从起伏、缠绕的梵音中
获得的慰藉，比从温暖的阳光中
获得的还要多些

他不再说什么，身边的袋子
装满了来来回回的影子
已发生的生活，习惯沉默

护国寺的一抹短垣
木鱼追逐莲花，香客举起自己
潇湘竹掩映着他的贫困、衰老、疾病
且饰以前世的光斑

在暗处行走的人
黑夜给他一双发现的眼睛
比我们多些坚持的理由

相　遇

与一头狮子相遇
就是让一副朽骨
再断一次

野性的丛林
自有流寇和王者的江湖

慢慢靠近
其实是和世界悄悄告别

我已无属地
重逢无从谈起

落日苍茫，走来又离去的狮子
它硕大的尾巴
仿佛是呼啸的鞭子

独　坐

山中半日，雾气腾起
潦草、凌乱的傅先生看上去
像一个落魄者，不像诗人

他坐成了一块石头
脚下，数不清的烟蒂
是诗集某一页的灰烬

他站起来了……
有那么一会，被局限切割的天空
他认领了极小的一块
值得在于：斜着翅膀飞去的蝴蝶
在追赶一阵风
他的孤独，轻易地没有了痕迹

不再自言自语

一条溪水，叮叮咚咚越涧而出
明眸一样清亮、明澈，它的远方
是一潭静静的碧水
或者是沸腾的海洋

带着他被复写的影子
时光倒影，清晰而模糊
把爱过的再爱一次，他起身离开
一座山也迈开了脚步，悄悄跟随

听　雨

敲着阳台的玻璃
雨，在凌晨两点落下来

我怀疑这场雨
是梦里的
它不紧不慢地下着
大地的容器
回荡着安静的滴答声

残雪如眼，我似乎看见
醒来的小兽，抖落泥土朝我张望
它身后汇聚的雨水
就要穿过远方的草丛

傍晚的公园

傍晚，公园里的人
一脸斑驳，仿佛
一只只旧邮筒在行走

云锦和荷花
一池碧水的陈旧
一个人的身后
叶子，落下来

远处，灯光的垂丝菊
在开放
草丛、灌木林的根部
一群蚂蚁，在整理暮色

有人在小声谈论
有人在电话里沉默

公园里的人，多起来了

似乎，他们愿意在此刻

碰碰彼此的触角

时间的蜜剑

这些鲜艳的花朵
很容易让我想到春天
是的，我经历过春天
春天也眷顾过我
烟雨迷津的江南
蝴蝶的翅膀，扑朔迷离
蜜蜂的蜜剑，悬停在时间之上
微微颤动的快频率，仿佛有些爱
来不及表达
步履蹒跚，走在人潮汹涌的大街上
我因爱上一个失去的人
而爱上了一群人
我知道，那些迎向我的花朵
经过精心培养、驯化
为再爱一次的人准备
是的，这不断消失的世界
有必要为错过的人
用反季节的怒放，稍做补偿

写到流水

再次写到流水时
穿一件旧僧衣的石头
裸露在风中

谢幕后的剧场
老槐、垂柳、巴根草
它们垂老的根须
试探过春水，深深浅浅

立在岸边
不能成为某一部分
等待的牧笛
横在下一个春天的唇边

我早已两手空空
从身边飘过的落叶
曾是燕子的剪刀
和我爱过的柳叶眉

场　景

灯光迷离时

已在三巡酒过之后

不再细细辨认的面孔

在座皆兄弟

小说家说完一个有趣的段子

很多人笑死了

诗人觉得，那一点儿都不可笑

他默默地，用面巾纸蘸着杯中残酒

反复擦拭手机屏幕

似乎那里藏着一群一呼即应的美人

气氛再次搞起来

有个姓傅的

他口齿不清地在读自己写的诗

"没有什么，不在这夜晚

不在一杯酒之后

成为灰烬……"

月光的刀片

不可触摸处
月的刀片，越磨越薄

夜行船是粗砺的
它在一条江上磨砺，汽笛苍茫

青山，胸有万壑而不语
陨石、智者如此——

迎风熄灭的灯火
夏蝉欲隐欲现的复眼
我的秘密
没有相称的深渊

退　路

星星，在云河闪烁
每一颗，都是一轮皓月

隐约的光芒
我们在折旧

当一个人的名字
成为自己的退路
它的圆缺，一些人
在抬头仰望

迷　茫

怎么看，夜晚都是废墟
它将在黎明的怀里坍塌

彼此沦陷，那些年
高出的部分
留给数漏的羊群

灯光，只是缺口
夜是夜的良人
搂着一副白骨
错借一块石头，多疑的露珠
契合了每一颗星的垂悬

更高起的山河
重新列阵、布局
看不见的一双纤手
拈着一枚新日
为上中下的占位，举棋不定

雨中行走的人

急匆匆跑向避雨处的人
不是躲避雨本身
是接受不了雨的细琢

雨中行走的人
走得快，走得慢
一场雨紧紧跟着他

听不见他们交谈
他们各自领着的落叶
越来越飘零

也不曾孤单
道路、田园、河流、丛林、山峦
雨燕斜过屋檐
一场雨，还原一场雨

那个浑身雨水的人

暮色越来越昏暗

我用一抹灯光，虚掩门扉

山　峰

阳光升起……

说起岛屿、桑田
等于说起我们的过往
说起山峰、溪流
等于说起秀美的乳峰

我们立身的大地
草木葱茏，纵横密码
万物归来，一条时间的河流
它们俯首而饮——

仿佛重新开始，它们
不愿离开的样子
想想都觉得幸福

他从墙上走下来

阳光下，他没有影子
他看见的影子，在忙着离开

在老槐树的位置
他头顶闪烁的星光
与在旷野中提着小灯盏的萤火虫
没有什么不同

他的居所，日渐斑驳
没有一阵风的轻微拂动
灰尘就会静静地落下来

他从墙上走下来
找不到说一会儿话的人
只能重新回到墙上
反反复复，进进出出

不用虚掩门扉

偶尔有回来的人
在他的镜框前停留了几分钟
然后离开，他早已一无所有
却把身后所有的门
都紧紧地关上了

燃放后的爆竹

作为仪式的一部分
此刻的沉默、失落
仿佛热情冷却后的灰烬

空气中，没有散尽的火药味
类似一朵开谢的花
在努力挽留一缕香气

委顿于尘土
如此不甘和迷茫
好像灿烂过，独自留下来的那个人
正在经历或接受
谢幕后的无助和虚无

中秋初夜

那么，对一个夜行者的想象
将是合理的——
夜空清朗，缓步于途
他并不急着赶往某地
有莫名的轻松、愉悦
但看不清他是否始终微笑着
市声远遁，桂木在推送香气
泥土里、草丛中的歌者
抚琴弄弦，复挑、再一抹
天籁升平，他真年轻了一回
他是谁？流浪的诗人
失去花园的哲学家
掘金者穷于途、食肉者食其言
谄媚者献出自己的膝盖骨……
现在他是他自己
当他把一轮明镜悬好

一盏灯被打开——

哦，月色如水

亮起的灯光，仿佛一朵莲花盛开

也像一条鎏金扶苏的花船

迎接他。这当然不够，永存的夜

献出一座辉煌的宫殿

余晖里的一片落叶

头发苍茫
他坐在公园的木椅子上
落叶木的叶子
围绕着他，凌乱地落下来

仿佛，他是一棵树
那些落叶，是他自己
从身体里掏出来的碎片

坐在余晖里
他就是一片落叶
他不说话，仅保留着说话的权利
一些人走向他，又离开

如同自己在经过
直到夕阳在水池里化掉

彼此看不见

他才起身，穿过一些厚重的暗影

稍远处，有一处明亮

仿佛开启的门

在等他

杵在深潭里的枯枝

打着旋儿的潭水，波纹的唱片
仿佛笑脸

落叶和花瓣，落在上面
一节粗大的枯枝
杵在水流里摇晃，它已消失的眩晕
成为倒影的后遗症

一只鸟，落在另一只鸟飞开的位置上
它们交换的鸣叫过于频繁
不能准确说出，潮湿的唱词
是杜鹃还是灵雀飞过的痕迹

我独自在想
这流水中的枯枝
试图打捞的那颗流星
已遥不可期

保　留

鹅鹅鹅，曲项向天歌

经验告诉我

要发音准确

赋予赞美，获得流云遏止

必须先把颈项弯下来

像我们要把握紧的拳头缩回来

再冲出去，才有力度之美

我知道，缩回来的拳头

曲下来的头颅

一定有所保留

走在雪地里

走在雪地里的人
裹紧了大衣
挂耳帽子、口罩捂得结实
露出的眼睛，有未飘落的雪花

相比迎风傲立的那些树
走在雪地里的人，有所保留
看不清他多年轻
也看不出他多苍老
寂静的原野
一行耳朵，听雪的密语

把自己裹得像一只蛹
不是拒绝一场雪
是担心怀拥的那团雪
被一阵风，提前吹散

我一抬头，就能看见他们

天空，一样肥沃的土地
有云样的山峰、河流
有牛羊、马匹、棉朵和麦浪
饥饿的童年，它是养大我们的一部分

盛产陨石。当轰隆隆的雷阵驶过
扎根的闪电，亮出一道
说不清悲喜的泪痕

日月照耀我们并经过它们
繁荫低垂。当我们
走过它们的诗和远方

一座巨型花园
离开的亲人在散步
我一抬头，就能看见他们

宜居的风水宝地，越来越拥挤

离开的亲人在那里散步

我一抬头，就能看见他们

我抵达的地方

我要在春风抵达之前

握住你的枯枝

我要告诉你的是好消息

一个让你重新活过来的好消息

我要在你绿袍加身

额头绽开花朵之前离开

我带走的好消息

没有锦上添花的附庸和续貂之嫌

不居功，不贪欲，无妄念

大自然给我的福泽就那么多

我爱自己的羽毛

请原谅我的不辞而别

还有那么多苦寒之地

需要我的好消息

我是雪中送炭的持节者

乌鸦，是一团纯粹的黑

这么近，看一只乌鸦
我怀疑它不是乌鸦

在广场
一只乌鸦，飞下来
亲和、盲从、自由
仿佛在自己的后花园漫步

它真是乌鸦
记忆中的一只恶鸟
其形其声
我们一直拒绝视听

它不在意这些
黑喙、黑眼睛、黑羽毛
看不到一点儿杂质

它在阳光下蹦蹦跳跳
轻轻地聒噪
这需要设防的世界
它一再向我，斜出示好的翅膀

绕我三匝，何枝可栖？
有那么一刻，我似乎看见
一团纯粹的黑，是最亮的一道光

我离开。那道光
在孤独者的肩头熄灭

挑山工

一座山，如果不用险峻来拒绝

越涧的溪水，缠绕的云雾

就会多出向上的通道

托举或放下，探幽觅胜是一种，

挑山工瘦骨嶙峋的胸脯是另一种

他倚着一块突出来的岩石

在休息。台阶上的风

经过他，吹向我，与山语林涛共鸣

他父亲用过的扁担

横亘于一条溪水之上

潮湿、布满新鲜的青苔

跨过去，我向上，他也向上

而侧身向下的溪水

轻轻挽住了袅袅炊烟的细腰身

光的重量

每一束光
都含有铁的重量

来自夜晚
来自我们照过的镜子
有时是花朵
有时是明眸

一束光，是存在
一束光，是消失
晨昏的开关
握在一双看不见的手里

群山的齿轮，磨亮一次新月
行走的万千山水
刀锋冷峻
悬在三尺之上

深山藏古寺

深山藏古寺
是深山藏着的心事

你去古寺。你是朝一座山去
看得见的，是众多山峰
看不见的，是一列众佛

在途中
落叶飞成蝴蝶
石头里开出浪花

茂林、修竹、嘉木……
那么多时间的骨头

木鱼声切，梵音隐约
晨钟暮鼓

催开朵朵莲花

山不在高
有慈悲就是灵山和福祉
你来，它们在
你离开，它们还在
一再往返的尘世
我们互为因果

一场雪，在下

一场雪下得有点早
一场雪下得有点迟
一场雪下在人间
一场雪下在天堂

有人渴望一场雪
有人拒绝一场雪
当大地被雪主宰
曾经繁华的俗世
是我佛手捧的瓷器

换了新颜是件容易的事
只需轻轻擦拭蒙尘的窗玻璃

当太阳的火焰越举越高
一切都会软下来

山峰脱下白袍

河流找回自己

有些绿色的影子涸出来

途中的花朵

我已走过那片草地

忽然想起
那朵在风中摇曳的花
实在太美，我想再回去看看

我回去了，却发现那朵花
在一个小女孩手里

她笑吟吟地，在追一群蝴蝶
经过我身边时
我不知道该说些什么

等你离开，才发生

弯曲的枝条
首先是想把高于地面的部分
放下来，或者
想把低处的东西提上去
不管是哪种，都是挽留
有时弯成弓，由看不见的手
奏出高山流水
如果刚好你坐在树下
可以安享这一刻的安静
但你的行走总是匆匆
似乎在叶子暴动之前出发
能得到了救赎
这之后就会有一场雪落下来
它们弯出好看的弧度，仿佛
引而不发的一张弓
你离开的背影里
雪崩的巨大轰鸣，经久不绝

想起庞德

晨曦微明，潮水的涌动

还在不自觉中

经过码头、桥梁和隧道

倾轧在酝酿

……你想起庞德

朦胧中看见死亡的人

在活动四肢……仿佛被拯救

真相在毛玻璃里

走出地铁站的那些人

没有交头接耳，甚至没有挥手

他们再次被阳光发现时

便失去了更多的权利

包括轻易地死亡

我们不谈论死亡

太阳每一次照临

都为我们备足了潜行或奔跑的理由

我们不绝望。我们知道
"有些湿漉漉的花瓣,
不全是用来爱的。"

玉兰花开了

玉兰点亮的清晨
有花香的明亮

浅红的、洁白的
似乎，只眨了一下眼睛
它们就把灯盏般的花朵
从黑暗中端出来

在绿叶铺展之前绽放
乍暖还寒
它不是春天的信使
也不为迷途者引路

擎着花
它是送别苦寒之冬的守望者

现在的朋友

这些药片，大小、形状不同
棕色，淡红、灰黑，以白色居多

颜色、剂量，咀嚼或吞咽
填补晨昏之间的空白

它们是我走散的朋友
锦上添花、雪中送炭、水中救火
它们知道
我的疼点和柔软在哪

在血液，在骨骼
在未曾抵达的边缘
它们知道
我依然爱着春天的柔指

废墟上的草

我看见
无数双手，在挥舞

我听见
许多影子，在小声交谈

它们努力站得更高
说我是他们的兄弟

喜欢涂鸦

喜欢涂鸦，从前
画春山春水，画美人儿
她们的美，不同
明媚、青涩，闺秀或碧玉
给她们配上不同的花朵
都美得要命

接下来，还喜欢画
画市井，画小桥流水人家
画松梅竹菊
在群山凝重的烟雨间
必留一处空白的轻，如藏古寺

从一瓣嫩芽，画到片片落叶
从前画的，我还在画
仿佛在一条回头路上

徘徊、踌躇，有所念而不甘

现在，我画什么
色调都不再鲜艳、明丽，夺目
杨柳依依的背景不在
画什么，都在它的旁侧
画上几茎野草

似乎只有这些野草，一直茂盛
它们努力站得高些
似乎这样可以代表时间看我
却站不直，立不稳
弯成一定的弧度后
顺着风吹的方向，倒伏、折断

慢下来

可以在花朵左，慢下来
可以在流水右，慢下来
想念一个人时，慢下来
可以在一杯酒前，慢下来
可以在一场雪后，慢下来
从殡仪馆走出来的那个人
慢慢地，走回到阳光中

他还在悲伤
这之前，他一直在埋头赶路

讲　和

动物园的铁丝网里
一只狮子站了起来
对我龇了一下牙
打了一个哈欠

真正的狮子
在"动物世界"里出没

一处豪宅的门庭两侧
我看见一对雌雄在端坐
所谓的不怒自威
更多源于豪华大理石本身
我觊觎它们背后的什么
它们却不扑上来
沉默中，我们早已讲和

一盆绿萝

没有一抹绿，比绿萝简单
在办公桌上
它的绿，安静、安详、和谐
忽略了你日常的忙碌

也不要你细心呵护
有一些水，有一缕阳光
它就可以一直绿下去
寒冷，也不能让它褪色

如果有枯叶旁生
你随手摘去
它就会在原处绽出更绿
一如你想说出的什么

片 段

花朵般飘过的小女孩

叽叽喳喳争论着什么

她们轻松、欢快的样子

不食人间烟火

远去的背影里

我看见几个身材臃肿、面容疲惫的人

在为柴米油盐喋喋不休

街角贮满安静

几位老人显然是静物

他们一直不说话

与台阶上一对慵懒的猫

保持高度的默契

那个突然微笑起来的老头

刚刚在压哨的最后一秒

全取爱情

几乎同时发生

阳光透明的容器里

层林尽染，街衢依旧喧嚷

一只黑鸫，它好听的鸣叫声

来自东南枝的鸟笼

在山顶

你看见的夕阳
是我垂下来的头颅

这之前，我把下山的路
留在途中
一条溪水，倒影在弹奏
知音一曲，花瓣如蝴蝶
巉岩侧耳，一转身
回音壁青苔密布

这之后，我播在尘埃里的种子
结出满天的星星

经营几十年的人间
我已放弃腐朽的肉身
一副缺钙的膝盖
朝一抔黄土，深深跪下去

有所不同

十月，有所不同
还没登高
你的头发提前白了

五月开过的花，又开了一次
秋菊在途中
三角梅，在南方的院子里闪烁

雁阵浩荡
身后的隐雪，我们的十月
镶嵌着秋果的金边

妥 协

饕餮的舌头
谁竖起唇前的中指
万物敛息于牺牲与不朽

此夜，静如深坛窖酒
谁饮谁清醒，除此再无所恋：
月下呈贡，席卷、咀嚼、吞咽
撒下星子的椒盐
多美的成色和味道
妥协在草木的呼吸之中

万籁皆自娱
一条咬碎牙齿的河流
吐出萤火和苍茫
味蕾依旧旺盛

第二辑

○
○
○
○

如果我们再说下去
悬着的安静，就要发生倾斜

一捆干柴

父亲背着一捆干柴
从山坡上下来
他走得很慢，很艰难

一捆干柴，过于庞大
把瘦小的父亲
紧紧搂在怀里

远远看去
不是父亲走得慢
是一座秋天的山
不忍心走得快

走在雨中

走在雨中
我也是一滴雨

和一场雨相互追逐
有时，雨追赶不上我
有时，我推着雨一起走
走着走着，就分不清彼此

和雨有些不同
雨就是雨，它们从云端落下来
去拥抱泥土里的根
而我有时是汗水，有时是泪水
拣高处走，于一场雨
若即若离

蛙鸣找到了我

被水泥封闭的城市
偶尔听见的蛙鸣
不知道来自何处，熟悉的声音
吞吐着水草的气息

一声两声三四声
有时在梦里，有时在春夜雨中
它们的鸣叫，曲曲折折

这让我听得很不自然
甚至有点尴尬
仿佛在异地他乡
欠钱不还的我
被债主有意无意地找到了

我曾攀上群峰之碑，看过日出

一朵花，等不及我的苍老
提前凋谢了

一杯酒，不尽快饮尽它
久了，它不再是酒
是一杯火的灰烬

更多的错过，都是来不及
没有留住的一滴水
在大海永恒

秋风吹落了我的叶子
也将吹熄为我羞红的夕阳
群峰立碑
我在那里努力攀高
看过日出

回故乡

过了二道河，河西就是郢塘

有一个路边小店，印象深刻

我经常来这里用鸡蛋换日杂和父亲的香烟

有时我也会藏私，买几颗糖果慰劳自己

它早不在了，一条拓宽的村村通带往不知处

再往前走，是大白水村

它在红石沟水库的下游

每年汛期，白花花的洪水翻卷而来

我曾在旁逸的沟渠捕获鱼虾

走完一条长满菖蒲的小路，小白水的村庄很小

一只鸣蝉的薄羽就可以覆盖

继续往前走，上坡路的两侧

散居着众多坟冢，他们还在，但碑刻模糊

走到最高处，就是我的老家了

它叫傅家岗、粉坊、童年、籍贯……

现在是一片待垦的平地
旋耕机翻出的新黄泥，一贫如洗
走到这里，我已无路可走，也无处可去

旧　址

万郢，没有金戈铁马
粉坊，也无嘈嘈磨盘
它是我的故乡

清流河上架桥，村村通
又拓宽了半幅路面
回去的次数越来越少

城里，迅速崛起的楼群
高过越来越矮的祖居
像一粒落下来的尘土

偌大的村落，鸡犬不闻
门扉斑驳，在风中轻轻晃动
一颗欲掉未落的牙齿
喊不出年代里的隐痛

落寞、破败……
年轻人去了，难再回来
留下来的人，一个接一个
住进土里
一处坡地，越来越拥挤
忽然让人意识到
这些年很多人都死去了

晒谷场

——观孔紫的岩彩画《晒谷》

这辽阔的金黄
是阳光的本色，等到这一刻
祖母用去了一生的风雨

这一刻属于收获
刚刚翻晒的麦子，腾起细浪
状若春天的犁痕

属于祖母，这一刻
她远眺的目光里
无数条小路在这里交集
再也没有什么比金黄的麦粒
让她安心

她是阳光下的一粒麦子

你察觉不到她笑了
但你真切地看见
她曾经光洁的额头
绽开一朵核桃

比一粒灰尘安静
祖母手里惦念着的麦子
是我们的粮食和种子
在她左右，继续推着麦子
到阳光里去的女孩和女人
是未来的祖母

父亲的麦田

父亲在阳光下磨镰刀
磨了一会，拿起来
眯着眼看那一道光
再用粗糙的手指试试刀锋

他的麦田已颗粒饱满
正合一把镰刀的胃口

来到麦地，父亲找准风向
走到顺风的那头，开镰收割

一个上午，父亲就把一亩多的金黄
平铺、成束，挑到场上晒
日后脱粒。我做不了这些
就在空荡起来的地块里
弯腰捡拾遗穗

现在，麦芒早已敛去锋芒
没有人告诉我
是父亲先离开，麦田才不在的
还是麦田先搁荒了
父亲才离开的

这不重要了
曾经的麦田，父亲站起来的草
连着周围的草

菜坛子

小寒一到，母亲把老菜坛子
搬出来洗，拿到阳光下吹晒

奶奶用过的菜坛子
积淀在岁月深处的盐
太阳一晒，白惨惨的盐霜
从坛子的底部，浸染上来

母亲用干净的抹布
把坛子里里外外再擦拭一遍
搬回原处

她把一些盐，搓揉在白菜里
一层层码好
在最上面压上一块青石
做完这些，又忙其他事去了

她知道，有了这些咸菜
接下来的冬天会踏实很多
她不知道，多年以后
那个土陶、阔口、大肚子的菜坛子
和她构成的等式
是我梦里最温暖的部分

假　设

天空的野丛菊
扑簌簌地，落在草丛里

大雁南飞
高过的事物矮下来
旺盛的流水
河床里裸出的石头
换上了一件旧袈裟

经历过的，已获得归属
他是我的父亲
也可能是我自己
苔藓的斑驳，强化了沧桑感

多少守望，断了
夕阳，一盘巨型的矢车菊
暗香涌动，仿佛归途中的假设

收割后的田野

收割后的田野
视野开阔，朴素而闲逸

当你和阳光一起，席地而坐
直抵心底的坦荡、熨帖和踏实
轻轻抱住你

你才会这样想：
带走沉甸甸稻穗的人
是否是春天播种的人？
他们将在哪里与我擦肩而过
养活我的米粒
是不是来自这里？

你才会
轻易地想起苍老的父亲
想起阔别的故乡

消失的河

一条河的环臂一抱
抱出了依山傍水的村庄

现在，她抱大的孩子
是几枚落满草屑的水落石出
他们不说话
看不出沉默里的悲喜

一条河的历史
短于晨昏里的炊烟
比母亲手里的纺线长
比初恋的发辫长

是的，夕阳适合怀旧
如果沉默不是太久
他们会说起一条河的柔肠
那是几代人的愁肠
或断肠

打零工的父亲

衣着和头发都很潦草
坐在一溜矮墙的台阶上
飘忽不定的光斑
让他们的表情看起来很复杂

歪歪斜斜的牌子
写着他们擅长的活计，身边
铁锹、瓦刀、锤子、锯子、手推车和扁担
城乡接合部的身份，落满灰尘

重建的生活
同样需要修补、加固和拆除
被领走的人，回头微微一笑
觉得这有着落的一天
是多么值得

灯光浮起，远远近近的虚幻

父亲继续在等，他不说话

摸出一包看不清牌子的香烟

给旁边的人递上一支

自己点上一支，暮色轻轻掩过来

镜　子

晨起的镜子
皱纹如丘壑

擦一次深一次
心有不甘，忍不住还要擦

哦，母亲
你怎么能擦去
镜子本身的老年斑

路　上

他踢着小石子
往家里走

一条曲折的山路
小石子很多
他把一颗小石子踢进了草丛
又踢另一颗

放晚学的路上
暮归牛羊的后面
不紧不慢地跟着吆喝的鞭子

有时一起走一会
有时他会侧在路边，让过它们
等它们走远了，继续踢小石子

他并不急着回家

爸爸妈妈远在南方

一条土狗，坐在院门口向远处张望

往土灶抱一束湿柴的奶奶

步履蹒跚

他踢着小石子下坡

又踢着小石子上山

终于把一枚落日踢了下去

不是一个人在走

夜深人静
我朝家的方向走
一定有些什么，早于我寻得归宿

越走越短的一条路
也越走越亮堂
一定有什么走在我的前边
依次摁亮街灯

不是独行，在我的身后
一定有影子、流萤或磷火
若即若离地跟随
已失居所
你一回头，它们就稍稍退后半步

当我打开家门，一条路

在灯光中终结
看得见的，看不见的什么
在沉默中……
不需要太久
它们又悄然退回到夜色里

豆　腐

我对父亲说，我想吃他做的豆腐

那会儿，我们在场上一边捡晒豆子，一边拉
家常

秋天的阳光，朴素、亲切、踏实

它点亮豆子里的微光

也轻轻移动着我和父亲的影子

父亲说，这简单

他坐回母亲坐过的灶底

用豆秸大火把豆浆煮沸

……接下来的流程，没有什么改变

点卤的豆浆，在木抽里渐渐结实

我们忙上顾下。小瓦的节能灯

在雾气里虚晃着寻找的眼睛

很慢或很快，豆腐渐渐白出来

这有分寸的白、入肌腠理的白

仿佛冬天的那场雪

影 子

街面昏暗，影子在消失
有个人走路的样子
像我去世多年的母亲
我寄居的小城
她还没来过……

我急急去追
我期望我的影子
与那个人的影子重叠

那个人不是母亲
我又错了。我常常对
和母亲有些相似的人
喊一声：妈妈

回到故乡的人

经过沙砾的淘洗
泥土的底色亮出来
你叫它井水

背回一捆柴火的人
在山中安葬过多位亲人
你叫它故乡

被蜜蜂吻过的羞红
挂在秋天的窗口
你用没有用完的油脂
喂养一盏灯，夜晚的缺口
众星簇拥着归来

矮墙的小院，你专心地擦亮农事
把劈柴的一招绝活
练到极致

和大哥的谈话，话题越来越单一

年逾古稀的大哥
在收割一空的地里
我找到他时
他正给稻草人穿一件破旧的秋衣
没有了犟脾气的阳光
正散发着怀旧的暖意

我们站着说话
众多暮归之鸟在低空盘旋
似没找到桑麻旧事里的可栖之枝

我们说近说远，与己有关或无关
渐渐拖长的影子
在虚无的时光里深陷
高过我们的野草，一下子拥过来

话题渐渐单一

说到疾病和死亡

村里谁谁不在了，谁谁又不在了

说到远房表叔。他死了几天

也没有亲人回来

说到这里，我们一支接一支吸烟

一时没再说话

似乎再说下去，熟悉的人就没剩几个了

大嫂在池塘边喊我们

隔空的声音，毫无阻挡地穿越

如果我们再说下去

悬着的安静，就要发生倾斜

满桌的酒菜都凉了

表　叔

家乡的表叔很拗
年轻时有蛮力，举起石轱辘
像举一朵花。现在七十多了
还能负百十斤的稻谷快走
戒了烟，能肉善酒
人们叫他三百六，意思是他三百六十五天
只有五天没喝酒。不是不喝
是这五天醉得够呛，爬不起来
像粘锅的一团面糊

他现在是村里的杠头
比他老的比他小的
该走时，他夸张得一举手
"起！稳住！走！"
死去人就有了好去处

当一切安顿好了，众人散去
他绕坟三圈，跪拜，磕三个响头
下垂厉害的眼睑
隐着不易察觉的泪滴
最后一个离开

在丧主的酒桌上
他一杯接一杯，喝得兴高采烈
似乎什么都不曾发生

二三事忆父亲

1

那年我九岁，是春天
你从地头赶回来，我已高烧三天
你没来得及洗净泥腿
就裹紧一团羸弱
急赴沙河集赶乘去滁县的火车
为逃掉二毛五分钱的半人票
我的瘦骨架挤成一团麻花
后来由于虚脱，只记得
从医院出来已是午后
你把我背上四牌楼"团结"饭店的木楼上
点了一碗米饭和一份五分钱的菜汤
"趁热吃，多喝汤……"
刚打了退烧针，略有精神
我看见汤中漂浮着一条青虫
你也看见了，用筷子夹起它

一个劲儿地说"能吃，能吃。你多喝汤。"
那会儿，我还没学会感动
后来才知道，在我之前
七岁的二哥得白喉、四岁的四哥患百日咳
出了医院，没能喝上一碗热汤
就死了。你忍住哽咽
在背人处等到天黑下来
才紧紧抱着渐渐冰凉的小身体
悲泪纵横三十里，带他们回家

2

一生节俭的父亲，嗜烟如命
小店离家不远
我避过母亲，拿出带有体温的鸡蛋
换来七分钱的"大丰收"
后来，我给你买过
一毛四的"大铁桥"、五毛的"团结"
市面上流行"阿诗玛"和"红塔山"
就不便宜了。你只买最便宜的
参加工作的第一个春节
我给你捎回一条"玉溪"
抽第一支，你皱纹都笑飞了
抽第二支时，你却默默把它摁灭
脸阴得像块铁锈："不许这么浪费！"
父亲！香烟不能治愈什么

你加重的咳嗽，不再在黎明时响起
现在，说什么都是多余的
我有软"中华"，你有火柴吗？

3

大师端着罗盘指向清流河西岸：
此处向阳、临水、通透
乃吾乡风水宝地
安居于此，可善身泽后……

生前并不幸福的乡亲
仿佛死后获得追赠，都抬到这
清明祭祀，我预先多买纸钱

烧给熟悉或不熟悉的乡亲
大表叔我多烧一沓
有年，为了一墒菜地
父亲与他干了一架
那会儿刚懂事的我，帮父亲撂倒了他
撸住他未老先衰的头发

老实巴交的他们，住在一声鸟鸣里
一辈子只打过这一次架
伤了和气，并誓言，老死不相往来
现在，他们还是紧紧地挨着

抬头不见低头见
能听见彼此的磨牙和咳嗽

4

父亲在一杯小酒里醒来
喝过烈酒般的日头
斜过老槐树之后
就没有了脾气

父亲走出院门的时候
就被一团柔和的光线缠住了
他们一起走

走着走着，却没地方去
偌大的村子，几个留守的鳏寡妇孺
早已说完了长短
年轻人不在，再新鲜的话题
都旧了

洒了一辈子汗水的田地
走了一段路，自觉无趣又折回来
视野里
曾经的牛眼地、簸箕块、绕弯坡、大方田
已被规划成新的"井"田
坚硬的机耕路

怎么也走不出泥土温软的稳当

想起明天小孙女从城里回来
父亲有些莫名的振奋
他加快回撤的脚步，把懒散的光
抛得有些远——
他要在夕阳熔掉群山之前
把祖传的八仙桌擦干净
把很整洁的院子
再扫一遍

赶　集

父亲年轻时
常在小镇五、十逢集时去赶集
用粮食、果蔬、家禽
换回另一些生活必需品

鳏居以后，父亲
没有多余的农产品去集市交易
逢集时，他还会去
空手去，空手回
他只是想去挤一挤

越来越走不快了
父亲还是喜欢赶集
这次，他扛着一把油光锃亮的铁锹
在集市的角落

他不需要了

他希望有人需要，卖或送都可以

人潮涌动，市声喧哗

没有人关心这把好用的铁锹

一个老熟人停下来寒暄

操起铁锹比画几次

"真是一把好锹！"

说完，又轻轻放下了

坡　地

用火烧尽野草
再用铁锹翻过泥土
顺手捡出乱石，种上玉米和大豆

春夏秋冬的坡地
渐渐老去的父亲
已无气力，经营春水和秋雨

他还是常来这片坡地
吹吹清流河的风
看看天上自由往返的云

来这里，不是等一季收成
是等夕阳落下去之后
慢慢涌起的暮色
把他和草木一起收留

苦　涩

年轻那会儿，回老家
哪怕再难，受再多的委屈
我都笑着
还要买件新衣服穿
皮鞋也擦得锃亮
乡路上，拣干净的高处走

不是虚荣心作祟
更不是故做衣锦还乡的假象
我是不想让辛辛苦苦的父母担心
是想让乡里乡邻们知道
我小福子，读了一些书
在外地，混得还不错

犯　错

小时候犯错
经常受到妈妈的训诫

有次因为贪睡懒觉
耽误了去拾麦穗
她冲天的怒火爆发了出来
操起一截木棍
她追着我打，我本能地逃跑

穿过篱笆，越过粪池
在门前的小塘埂
她追着我跑了三圈
终于没有追上我
她停下来，气喘吁吁地抹汗水和眼泪

这场风暴后来怎么结束的

我记不清了
那时我还少年，她也没怎么苍老
却跑不过我了……

曾在一首诗里
我庆幸躲过的那截木棍
却是我现在隐隐作痛的亏欠
如果再写一首诗
我想我应该跑慢点，让她追上我

打水漂

河边，孩子们在向水面打水漂
漂得近，荡得远
都无比开心

小时候，我一直努力
把一块片石漂得更远
往往都很成功

水面辽阔
时远时近的浪花，不能自拔
纵有一试的野心
我也难以再次弯腰

失败过了，不忍心看见
一块抛向水面的片石
弹跳着，沉入水底

芦苇白首，夕阳的片石

飘过对岸

我想说的是，一条河的记忆

我见过打水漂的孩子

追　赶

秋风被后面的秋风追赶
不登高，它一样吹过我

吹向南方去
除了屹立不动的山
大地上的事物，都发生了倾斜
菊花、茱萸，空想和雁阵……

窗外，小朋友的诵诗
恍若天籁，一团摇曳的暖光
被秋风怀抱而去

一直在吹
还有什么没有被吹尽？
它带走的东西
本就不属于我们

包括颂诗和仪式
不包括随后的白头凝霜
和一场漫天大雪

一次躲不开的清算
远足的秋风，在远方
把带走的一切重新安放

那是一座花园
草长莺飞，我爱过的亲人
将在那里活着，慢慢度过余生

拈花记

不要说起那些花
你说不清楚
它们的颜色、风致
暗香溢出的弧度

那么多的名词
一喊出来
就喊出内心里的欢喜

牡丹、杜鹃、薰衣草……
它们开出第一朵
就跟着开出无数朵
一朵总想推开另一朵
那个拈花走过的漂亮女孩
被挤出来
脸上带着明显的自卑

秋天帖

夕阳下，片片落叶
天空退却的划痕深浅

大地的花园
开谢了多少花朵
才能绽放洁来洁去的雪花

山川之美在于呼吸
如果起伏的曲线是我爱的
波涛就是皱纹

哼着安眠曲的人
首先学会了安魂曲
少女，卸去了花冠
才能成为母亲

群居的秩序，我们饮露，唱歌
而私欲，仿佛游走的野兽
在黑夜里淬炼磷火——
为了忘记，
我们重复了无数梦的仪式

爱得山穷水尽
但你，绝不是我爱的最后一个
一个等待春天发芽的人
已站成一块
不再移动的墓碑

快步走，若干种可能的理由

我写过一个早锻炼的人
他跑过田野、绿化带、人群、楼盘……
"时间，置下巨大的影子
他最终追丢了自己。"

诗人敕勒川说，那个走得快的人
是被后边的什么东西追赶
他走得太快了，灵魂摇摇晃晃，跟不上他
没有办法，自己也不知道往哪里去

快步走的人，都有快步走的理由
比如，迎接一场雪，或躲避一场雨
快慢之间，隐约着一条鸿沟、生死线……

现在，我宁愿相信
刚刚在暮色里，迅速消失掉的那个人

肃清了分野，完全摆脱了某种纠缠

"他轻松的样子，无所附丽

真像一具朽骨。"

裂　缝

见过的一块裸石
爬满了藤蔓
几乎看不见绿莹莹的苔藓

一块坚硬的石头
到底经历了什么
甘心让它们缠绕、覆盖

我同样不知道
在我长久的沉默中
藤蔓的触须
已准确找到我的裂缝

在天空

千山万水，走泥丸
走流寇如流星
在偏僻路口，插面杏黄旗
有人问还有酒吗？
当夕阳醉了
翅膀都在趔趄

在天空，一头小兽
停止了奔跑和呼啸
它安静下来
在天使垂下睫毛的栅栏里

它光滑油亮的毛皮
有银河疏密的条纹
有星星大小不一的豹斑
可远观可抚摸
以为神或宠物

抱着荚果的蚂蚁

这遍地的菜黄
一阵风过，就开旧了

寻花的人，蜜蜂和蝴蝶
去了别处

几只蚂蚁
在茎秆高处，紧紧抱着荚果
秋阳，爆出脆响

它们被震落下来，仿佛
一粒粒黑色纽扣
从春天的胸口脱落

潮　玩

刚刚关注一个新名字：潮玩

它现在很热

但我不会成为它的追随者

也不会沉溺于盲盒的惊喜和刺激

年轻人的活儿，都市人的浮萍感

我都经历过

当潮玩在香港和东京街头徘徊时

我正在故乡的槐树下

收集滚圆结实的泥球

它是我童年快乐的加速器

如果那就是潮玩

我还有更多的小人、小鸟和牛羊⋯⋯

我们都是设计师

一捧黄泥和点水或者一泡尿

你想要的，我都能捏出来

品种比梦里的丰富

泥是一，一生万物，都是泥土做的
亚当、夏娃是什么材料做成的呢？
应该不是陶瓷、塑料
或具有亲和力的橡胶
那时是初创，现在是市场
造型别致、仪态万方的玩偶
在包装盒私密空间里，在展示柜中
可见或不可见，它悄无声息地藏着自己
拥有者听得见它想说什么
也只有听得见的人，才能看得见
有一根手指从暗中伸出来
指了指溯源途中的一些人

消　失

一匹野马
越过栅栏
它身后的暮色涌上来

属于它的，不属于它的
在消失
它抵达的远方
也将不存在

平　衡

孩子在练古筝
因不够熟练，乐理失序
出现乱码
……终于停下来了
空气松下绷紧的弦
一如我的犹豫不决
仿佛，不知道哪根弦有我的高山流水
孩子离开了，我坐下来
在低音区，我掏出了隐藏的悲伤
在高音区，我拧出了重蹈的深渊
反反复复，获得了某种平衡

今晚我喝酒了

今晚我喝酒了

在大家谈论七月流火的时候

我喝了平时的四分之一的酒

近期身体有恙，久违了酒

久违了一桌的朋友

现在，我又喝酒了

为此大家再次斟满了门前杯

齐呼：干杯！干杯！

似乎我们再没有理由

为其他的满饮此杯

是的，能喝酒真好，能再干一杯更好

此刻，弦月悬窗，繁星西移

适合酒少话多或者独自沉默

我喝得刚刚好

如果你突然说起死亡

我也觉得刚刚好

符号学

1

祈使句
剔除了强烈的部分
柔软的试探，慢慢覆盖

2

弦月设问
一座桥的破折号
前途是前世，回头是今生

3

行走，风生水起
归来，水落石出
移动的界碑，站立的感叹号

阳光下弯出反问的影子

4

回音壁藏有古刹
黄昏，省略了下山人的流连
灯光，次第亮起
它省略得更多

5

熔掉的落日，不是消失的句号
它在地火里重铸光环
早起的人戴上它，新的
像梦，一下子实现了

6

明眸皓齿
在你的盈盈一握中
万千山水，荣枯有序
在天地的括号中

7

遗世独立者

不再抒情，他在一杯酒中
用平稳的陈述句叙事
偶尔，在某个词下面标出重点

在婚礼现场

一对新人在拥吻
主持人前腿绷，后腿伸
夸张的麦克风，情绪饱满

众多嘉宾在读秒：
"一、二、三……十！"
高昂的欢呼，震耳惊心

"好！十秒！停！"
一对新人正彼此沦陷
被十秒叫停，有些意犹未尽

我想说的是
主持人是个好裁判
他及时叫停的马拉松
或许在十秒之后
才正式开始

春天里的女孩

春天铆上一个人的时候
一棵柳树的赞美
由衷地在池水中复写倒影

可以反复摩挲的水兽毛皮
比明眸还多些荡漾
如果视野里有隆起的部分，在移动
是那只小兽爬上了岸
驮着春光，到更远处去了

难以释怀的，都在悄然离开
青春和春天、时间或美

扶柳看水的人
并不否认自己是别人的一部分
潮湿的木椅上，一个人离开

一个小女孩坐了下来

无寸铁

有笑吟吟的盾牌

她挥舞动手中的花枝，发生暴动

第三辑

○
○
○

秋风吹过处
留出空白，给一场雪

我答应了

臂膀有力，像黑夜一样箍过来
而温柔的怀抱，是值得重蹈的陷阱
那窒息，让我快乐
那缠绕，让我梦生

那季节之后的空旷的等待
我答应了
那訇然一声亮出的翅膀
仿佛一柄敷蜜的利剑

你看见了吗？我看见
黑暗被洞穿时的初阳，滚烫的瞳孔
混合液体在退潮
没有散去的云霞好像节日

我答应了

短暂的陌生人，你困守的孤独
是我荆棘丛生的目的地
当繁星布满天空，大地盛开花朵
我答应了你的妹妹

野　草

比我跑得快
我还没到达的清明
它已在风中起伏

跑在一个人的生前
跑在一个人的身后

比我跑得远
它回头找我时
看见更多的影子
歪歪斜斜跌在草丛中

它的手里
攥着一把父辈的骨头

下　车

下车，不是指行政官员到任
也不是回撤股市运作的资金
我是指，途中的人
必须下来，在车下生活

别过千山万水
途中认领的景致，温暖而怀旧

她在开车。她的美
超越了美本身

有人上下车
我早已过了目的地
很久，她才说一句话
"你还是下车吧！"
婉拒，也是款款的挽留

我不是她的孩子、情人、丈夫或父亲

但我希望是

在终点站的花园或墓地

一片雪，落下来

滑过幽暗的背景时
一片雪的光，被反衬
越发明亮

窸窸窣窣的白
侧过松针和一个人的衣领
静默的旷野
万物有所待的时刻
我正用胸中的炉火
温暖……你

一片雪，找到无数的雪
只有深浅、早迟，没有错过
当山川消失了暗影
一条河拧紧了春天的发条

清扫车去不了的地方

宽阔的街面
清扫车不紧不慢地驶过
地面干净起来

经过我时，我朝后退了几步
我不是落叶、尘埃
暂时还不是生活的废弃物
不担心它误以为我是

智能化的清扫车
在适合它来回的道路上
还原我们的部分生活

它去不了的街角、林荫处
穿黄马甲的老人
手握扫帚，一直在弯腰

清 晨

一觉醒来
微风、花香，湿漉漉的水汽
扑窗而入
早起的人，那么新鲜
仿佛没被星光用过
几只鸟，在稠密的叶子里磨着喙
它们的试音，清脆、婉转
滴着露水

"光的纹理，另一种呼吸
在初阳的唱片里。"
度过无数单曲循环的夜晚
你发现，美好的一天
总与清晨有关

也好歌

有用的书，读的太少
那就不去读了
追剧没有了精力和激情
那就玩玩微信和抖音，看看小视频也好
以茶代酒的饭局，扫兴、无趣
不去也罢
莳花弄草，打八圈小牌，有闲就好
不认识的人，就不要认识了
几十年过去，还忘不掉的痛和痒
已胜过胎记，就带着一起走吧
最温暖的人，是身边的人
最幸福的人，是让别人幸福的人
星辰渺远，大海辽阔，最想去的远方
从前，是你的怀柔，现在，是梦里的故乡
行走人间，还没有把一招爱
练到极致，练成绝活

最期待的事，是有人在等你
最遗憾的事，是还有遗憾
因此，我不敢老去
我爱的春天，还是个小牧童
我爱的人，还是个小女孩

重新附丽

落叶泛若沉渣

深处的面庞，皱纹横生

有断裂时的脆响

你指向一枚秋果时

它在一阵风中轻轻摇晃

你指向某个人时

那个人笑着笑着就哭了

以至于你无法安慰自己

更无法把碎了一地的夕阳

重新铸成银两

秋风又起

野金菊，暗香盈透

百草枯等燎原，大雁南飞

你能做的，仅仅是

把所有的离开，重新附丽

给衰老一副娇躯
给流水歌唱的喉咙
给荒漠一座花园……
似乎，你爱的人从没离开

鼠年，我有了小米

大地的胎衣换装晨曦的襁褓

小米啊小米

你发出第一声响亮的啼哭之后

又沉沉地睡去

你还没有准备好

怎么应对我们的幸福

一如我们还没准备好

给你起一个好听的名字

老鼠爱小米，多朴素的真理

你要多睡一会儿

等待光，照亮世界的每一个角落

当你睁开眼睛，看见的万物都是亲人

你听见的第一声，都是脱口而出的祝福

你就再多睡一会吧

别急着加入我们的生活

尽管，我们是那么迫切地希望你快快长大

长成我的样子，儿子的样子，姓氏的样子
陪我一起嬉闹、玩耍、放风筝
生命足够漫长，春天足够盛大
有你在，我不怕追不上那群蝴蝶
有一天，我真追不上了
你替我追

纯粹的水，可以重回山中

众水，穿涧越壑
在一条河的方向
找到出口

经历激荡和曲折
它身后事
并不由河床掌控

被瓦罐提回灶台
在绿叶中加入光合作用
漫过沙漠，看不见水
看见一片绿洲

临水慨叹的先贤
头顶飘过朵朵白云——
纯粹的水

化为精灵，重回山中

另些水，随流入海
大海也是人海
无边的浩渺，水找不回自己
"看海归来的人
为什么总是徒生悲伤？"

幸　运

一块有呼吸的石头
值得膝盖弯下来

举过头顶的那炷香
其实是他自己

一炷香的高度
是一条归途，走向它的人
交还已知的部分
带着另一个自己无处可去

春深如谜，且允许反复
彼岸无涯
佛的慈悲，从没有离开

我也没有离开

祖屋的庙宇，门扉虚掩
晨昏交替，我为飞来的鸟雀
备足陈谷

风，在读一本我的书

风，扬起的裙裾
缀着些花瓣
那是你离开了

清晨或黄昏
你从书中抬起头
努力想象我在书外的样子

树欲静而风不止
近处，桃柳新绿
远处，香樟和国槐树
下自成蹊

中间留白的背影
是一个人
越饮越醉的空杯子

是你别后的窗口

晓风残月。现在是

一本不再翻开的书，落蕊或静水

梦里的金蝶

你看，一轮金蝶
正在渡过银河

它快沉下去了
它过载的星光
溢出来，整个夜空都在轻轻摇晃

无数只这样的金蝶
经历过这样的处境

是否有一轮金蝶
在银河里沉没，不得而知
你却用一生
去打捞蜃楼的废墟

时间也是你我他

时针、分针、秒针
在窃窃私语

看得见的你、我、他
看不见的时间
都有极小的缝隙
刚好够一声"嘀嗒",完美地嵌入

易逝的人间
每一秒的擦肩而过
都值得回头

秋风在吹

从北往南吹，从里往外吹
吹向树林，树交出了叶子
吹向一条河，河就瘦了

秋风一直在吹
北雁南飞，田野空阔
吹落的夕阳，遍地黄金菊

吹向一个人
那个人，像山一样
矮下来

秋风吹过处
留出空白，给一场雪

现　在

从前，山坡上的羊群
如散养的白云
后来，羊群不见了
有几只或一只羊在这里
走走停停，不像在觅食
像在寻找记忆
再后来，一只羊也没有了
风吹草低，有几块裸露的石头

你很久不来

"砰"的一声，你把冬天关在门外
不放心，又回头看
有没有什么在尾随

风中的街道
反季节花卉，河流一般奔涌
看不清哪一朵在逃逸

很久不来，你除了使劲敲门
没有其他方法

你有点冷，我往火炉里加柴
我有多少火焰
就有多少只飞走的蝴蝶

拓荒者

最终，我们把父亲安葬
在他开垦过的坡地

一长溜向阳坡地
父亲适时、择墒
种下玉米、大豆、山芋和向日葵

关心它们的长势和收成
父亲，在自己的汗水里活着
并用这些，养大了我们

绿意葱茏，迎着阳光
从接近清流河的底部
爬上去，高于我们的花丛
会给我们戴上巨型的花冠

父亲的属地，现在不种庄稼
我们种下野草和野花
越茂盛越荒芜的家园
我们在途中，拒绝其他拓荒者

清白泉的荷花

府山南麓，一汪清白泉
仿佛一面镜子
端正一座山，以及
天空的蓝

花朵是干净的
鸟鸣更加纯粹

一滴团结的水
披挂着阳光的彩带
流下来，曲折处的岩石
浪花的支点
开出美的停顿

穿越时空的绽放
过去和将来，一样明亮

永恒不在远方的大海
而近在身边的源头

拾阶而来的人，喜欢来这里
洗一洗执念和风尘
再掬几口甘美融入血液
带回你的日常
养一池高洁的荷花

舵　手

驾一叶扁舟

泛于波光之上

青山倒影，白云俯身

飞鸟留下脆鸣

一叶扁舟

速度、方向由自己掌控

这样的机会不多

更多的时候，观光者

坐在船头，闲看流云逝水

关心的浪花，无力左右它的盛衰

心随波动，景深浮于桨声

这一刻，我不清楚

是持久的平静

还是突然降临的风暴

哪一种是我最需要的

哪一种才不辜负做一回舵手

路 过

我看见的小院
其实是香樟的一盘浓荫
哑然的铁门，在安静里深陷斑驳
一株盛开的三角梅
开出院墙看我

我已不认识现在的主人
没有人走出来
有人提前离开
没有人再回来

阳光依旧的下午
多出来的时光
我不清楚泥土里的根
紧紧握住了什么

风微语

麻雀和灰喜鹊

在树荫里，飞起又落下来

仿　佛

这新的一天
从朝阳升起，到夕阳落下去
天蓝得被洗过，丝滑、熨帖
谁走过，都没有一点儿磕绊

除了误认白云为山峰、羊群、棉花、粮垛
一个人的面孔
并为此驻足、停留一小会儿
头顶的太阳，冉冉升起，到自由落体
仿佛一次例行公事

仿佛一次活过。天空空下来
风起云涌到风轻云淡
而经春历夏的大地，到了秋天
去掉粉饰的斑斓，色彩渐渐单一

仿佛水落石出、气定神闲的那个人
他阅尽了朝闻夕死的流水
没有什么事
再值得他去只争朝夕

酒里的火

我因一杯酒
忘却了数只空杯子

取出酒里的火
取出自己的灰烬

一只明月的杯子
沉浮在虚无的空中

它一直在倾斜
寡淡的水，溢出来
是不远不近的星光

我们都看见了
却不知道怎么去欢喜和悲伤

可 可

上幼儿园的她
每次从外边回来
手里都少不了
一茎草、一朵花、一片落叶
有时是蝴蝶的断翅
一块不规则的小石头
或者是一截枯树枝

但在进家门前
我总要求她放下那些
我说，家里有清不完的垃圾
快放下，好好洗手

而常常是
我的要求越急迫
她把手中的东西
握得越紧

他从脚手架上下来

焊定最后一颗铆钉

他从脚手架上下来

几个工友朝不同的方向走

他坐在一块闲置的预制板上

掏出一根烟时

沙堆里有几抹绿挤出来

他不知道这有什么意义

这一刻，他是轻松的

一口接一口的烟圈随风飘散

几只相互追逐的猫狗

在还没形成的街区

构不成流浪的弃宠

它们跟在收破烂的架子车后面

自由、散漫，某种自豪感

仿佛善后，它们得到先遣

一群商人模样的人

在一栋楼的衔接处议论、指点

他有些饿了

觉得他们的话题，与此无关

"开一个繁华的酒店最好"

他听清楚这一句话时

他更饿了。是的

不久，这里就将人车涌动，灯火辉煌

以后发生的事，与己无关

他要在太阳落山之前赶回家

接下来，去另一座城市铺设钢筋

但这会，他竟生幻觉：

富丽堂皇的酒店

衣着干净、整齐，表情自若的他

迎宾小姐热情地迎进去

在侧座，他来不及喝一杯饭前茶

就点了一道解馋的红烧肉

已经五月

还没开的花
请抓紧开，跟上我的步子开
再不开，就错过了

已经五月，再不开
我渡过一条河
再翻过几座山，就是秋天了

你知道，我放不下你们
你知道，我需要你们一路送行

石　碑

替虚无站起来的石碑
是一个人，是躺下去的那个
也是稍后离开的那个

刻很深的名字
活得一样庸常和肤浅
描很红的名字
用他的血或你的血

野草高过跪拜
如果若干年后足够幸运
找到理由或借口的人
在原址重新立一块碑
刻上你的名字
也是他的名字，生卒之间
逐渐模糊的面孔
并不一一对应

旧亭子

半山腰的旧亭阁
几个油漆工
在脚手架上忙碌

钝去的翘檐，找到欲飞的位置
斑驳的彩绘，涂上油漆
重新鲜亮起来
完工了
他们坐在栏杆上抽烟

几个下山的小女孩
欢快的笑语，带来一片云
把亭子的里外
各擦拭一遍

山不是名山

千年古道的车辙，深陷雨水
一座亭子的历史

一直在消失
不知道，难得的宁静中
来此一坐的我
和修茸一新的亭子之间
谁旧得更快些

用胡杨命名的湖

除了胡杨
到处生长的梧桐，香樟，大叶柳，紫薇，蝴蝶兰
一样茂盛
但它还是叫胡杨湖

用一棵树命名的湖
栽下第一株幼苗的人
用了初心和他喜欢的乳名

胡杨，在朔风中
把根深深扎进流沙
它撑开的蓝天
风清水丽，赛过江南——

绿荫稠，游者众
栽树人的后代

来自雪山，草原，沙漠和江南

他们说着黄河和长江的方言

彼此不熟悉

却亲切得像一家子

夜 行

月亮临空照耀
不为暗处的眼睛
不为曲折的小路
不为穿过一片山坡的我

夜行的人
带着一团看不见的光
被惊扰的夏虫，集体噤声
让开一条路

流萤，近了又远
拖曳着往事，无处安置
我熟悉它们，是小时候捉漏的几只
从谁的玻璃瓶中逃脱

最大的一只回到天空

镶嵌在楼宇的窗口

每一次仰望

都会被冷焰灼伤

做给我们看

落叶，像夕阳的金币
它落下来时，暮色起伏着笼盖

高枝上的果实，它们的轻重
取决于爱得深浅
一双手带它们走远
不落下来，仿佛亮着的灯盏
黑夜不会迷途

风吹雁飞，群山可以翻阅
那个在山坡上安葬亲人的人
又把一条老根埋进黄土

听不见他说什么
只默默地，做给我们看

醒　来

大地沉睡，在蛹里
一场雪，飞出蝴蝶

它在飞，它在飞
经过的每一扇窗口
都燃起明眸

又一次如期，死去的人
也会划着溪水归来

有些爱，我们无能为力
往事云烟里
无有安眠者

我总在这里，停下脚步

城东大厦，十年前
是城市的地标和前沿
现在是城中村

十年前的高度
在挖掘机的速度里矮下来
从前的心脏
现在的胎记

在这里
陌生的面孔，似是而非
流浪的宠物，似曾相识

一排香樟树的阴影里
没有安静过
操不同口音的零工

散落各处，闲聊、打盹
等雇主把他们领走

剩下的，继续等
风，旋起灰尘和落叶
看不出他们焦急的表情
和加速的衰老

那个酷似父亲的人
初来乍到，没有熟悉的工友
独自望着人车涌动的街道
一支烟比一支烟失落

挤在铁门前的老人

几位老人，挤在敬老院的铁门前
朝外张望，锁着的铁门上
百合花、康乃馨或者梅花的图案
凝固在铸铁里
衰老、孤独、病痛的面孔
在阳光下变形、扭曲

午后一点一刻
对面九年制学校的音乐铃声还没响起
新扩修的马路开始拥堵
行人和车辆，在交通警察的鸣哨里纠缠

上班族、打工者；老人、孩子
一个实习生在推销课后辅导
穿过绿化带的清洁工
为落叶、烟蒂、食品包装袋一次次弯腰

在秩序里发生或消失
几位老人，看见了
看得执着、专注，近乎贪婪
看什么，似乎都在看最后一眼

一直不说话
没有人朝他们走过来
他们是否把熟悉而陌生的背影
看成是以前的自己
我们一无所知

一群麻雀

一群麻雀，在雪地里
飞下又飞起
飞起或飞下，一哄而散
那一会，视野里都是痕迹

只能不停地飞
没有屋檐低矮
树枝的积雪还没落下来

只因它们会飞。天空高远
虚张着网，一些羽毛
飞着飞着就没了

风中的电线，可以依靠
几只麻雀
在接受问候，或者
在向远方报告一场雪落的消息

空荡荡的

阳光透过枝间

或明或暗的光斑

在他身上移动

看上去，他像一只疲惫的豹子

他不是豹子，是土地上的一棵庄稼

是父亲的儿子，儿子的父亲

收割完的田野，空荡荡的

几片树叶，落下来

天空，空荡荡的

他心里空荡荡的

天气预报

"今天，阴。有时有小雪……"
手机里的天气预报
让他起床的速度快了很多
他要快点走出去，向遇到的每一个人
相告这条好消息

江淮分水岭，临近长江
却不是一场雪的分界线
今年夏天阴雨绵绵
他破屋般的生活，连遭挫折
老茧生了霉斑

他放弃了对世界的关心
隔着秋叶纷飞
那些糟糕的天气
牢牢地掌控了他的生活

所以，当他看见这条天气预报时
没有理由怀疑
他突然爆发出来的好心情

我们有理由相信
那一刻，他一定忘记了这是预报
甚至忽略了"今天，阴……"
他知道，许多告别
在雪后的途中发生

夜有些深

夕阳垂下卷珠帘，退下去
顺手把山水的影子推过来

神秘而温暖的影子
它巨大的怀抱里
爱人居住的村落，仿佛沉舟侧畔

我得准备一些什么
比如离开
或者在万籁升平时写首诗

我什么也做不了
星光的纽扣解不开
一条溪水的秘密，始终是耳语

灯火依稀，一个明眸皓齿的女孩

穿过虚无的花朵，撩开卷珠帘

走出来，夜有些深

她一直在移动

似乎在为心里的秘密

找寻相称的深渊

逍遥游论

庄周的逍遥游，是硬币的两面
是矛和盾的结合体
她是立体的，你能触摸到凹凸、尖锐
是白加黑，共鸣的心跳
一张白纸。不是一堵墙
白山黑水的绝缘体，是遗世的
活着，就是简单，我们就是王婆
她卖的瓜，在闹市越来越甜
内心的苦，我们给自己献祭
一如自己给自己加冕
地狱的忏悔，正走在救赎的人间
我们也不高尚，我佛也无能为力
一如我，最不愿意
只在梦中和你一起唱赞美诗——
在燃烧和灰烬的等式上
一朵带刺的玫瑰，为我佩刀守望

在我巧取豪夺之后

朝阳初照或夕阳欲垂，距离消弭

起点即落点

那个在空旷处行走的人

并不存在，墙壁并不存在

正如你所见，我的鼻青眼肿

一直是心里的隐痛

迎风的事物

南飞的大雁
推动时间的齿轮
它经过窗口时
秋菊的官司，正在等待一声法槌

此刻，翅膀下的江南
回到出发地的荣枯和对错
自我较量

青山不老，流水长逝
一世的花朵
水落石出的河床
结出夕阳的果实

你羽翼下的风
那么多成长的事物

也将迎风流泪

吹散心里的那场雪

万物复繁而简单

第四辑

○
○
○

她有很多昵称
我现在都叫她大雪

所有的雪，都是耳语

亿万年的沉寂
这些耳语，让夜晚的容器
闪着醒来的光

此刻，火红的围巾
多么年轻。走在雪地里
她心里的一场雪，正在燃烧

高高的雪松、停止跃行的松鼠
仰视或俯视，流年的翅膀下
轻轻掠过的风，吐出雪的内核

雪地之上，我携万物，齐齐退后
呈献出的一条坦途，她在走
在我的梦境里走。就要走出去了
她明确的方向，是我的迷途

在冰川，在白桦林；在雪之巅、云之南
一行遥向远方的脚印
听雪的耳朵
隐隐的花开声，春汛如期

露　水

大地深处的伤悲
那么轻

在草尖，它悬而未落
顾盼生辉的媚眼

为星光引路
为早起的人，点亮灯盏

太阳升起的某一时刻
它们渐次熄灭

你看不见它在哪里
你从没有看见过草木流泪

所有的消逝，都有黄金般的忧伤

从夕阳里退却

落叶的划痕

闪着金黄的般忧伤

落日，为我们羞红

为了重新开始

我们用去了多少庄重的仪式

风吹熄的灯火，亮在夜空

在梦里淬炼磷火的人

提着自己的灵魂

走在清霜初凝的路上

你知道，披着一场雪

在远方消失的那个人

不是我爱着的最后一个
一块和春天一起发芽的墓碑
才使我爱得山穷水尽

雪，吹拂着另一个世界的气息

洁白、轻盈、纯洁
吹拂着另一个世界的气息

从没有爱过一场雪
似乎一场雪也没有爱过我

现在，一场雪在下
纷纷扬扬的洁白
我没有与此相称的瓷器

在火炉旁打盹的人
灼灼桃花已经熄灭

一行消失的足印
带走了一场雪
他堆出的雪人，独自留下来

我爱过的人啊
她的样子渐渐模糊
她有很多昵称
我现在都叫她大雪

蓝莓酒吧

我和晚云，在蓝莓酒吧
临窗而坐
这个陌生的城市
看过的花、遇到的人
都似曾相识
这稍稍让我觉得此行不值
幸好这蓝莓酒吧，还是不错
它偏离繁华的十字路口
仿佛一朵安静的莲花在开放
我问晚云，你喝点什么
他没有回答，示意我去看邻座的那个女孩
她真漂亮，仿佛一朵玫瑰
舒缓的音乐，轻轻浮起……
我们彼此沦陷了一会儿
晚云如梦初醒
"她爱我，真像一个小傻瓜。"

拒　绝

一双手
端斜了乌云的砚台
不需要远行
一层玻璃的斑斓
缤纷而伤感

雨中的行人
因多了一把小花伞
与早春的迎春花
没有了本质的区别

不想走出去
我怕我这枯枝
突然间开出的花朵
对你造成伤害

羊，其实是一只狈

你说，我不是狼
你也不是那只羊

你说，我是狼
你仍然不是那只羊

你说，你爱的狼
不披羊皮
你说，你是一只春水荡漾的羊

你说，你爱狼
愿意做一只披着羊皮的狈

立在途中

立于途中的人
像一截枯枝

等一个人
等一场雪
交出体内的火焰

天地，一只巨型的珠贝
吐出一轮朝阳的珍珠

一次次升起、照耀
启动轮回的开关

这多么值得虚度
如果再爱一次
我甘心一无所有

饮　雪

问过能饮一杯无之后
你我一样白，仿佛获得了平等
一间草堂，虚拟途中
除了火炉，中心被边缘
酒多话也多，劈柴吐出火舌
怀拥火焰的陶罐，腾起雾气
放飞无数双小翅膀
我们的苍老，一再被抚摸
柔软，有点痒；折磨，有点疼
缠绕或蛊惑，良药是病
窗外的雪，越来越黄昏
倾斜的风声，仿佛拖曳的偏锋
细碎的光，迎接、对撞另一道光
陶罐在沸腾，酒醉了自己
瓷器在沸腾，不可左右
能说什么，不是彼此的夜归人
有一种呼啸，溢出沉默的酒杯

断　章

1

不要对存在的事物
拿出你的尺子，量长短
说对错
当初，制定标准的人
没有活到现在

2

高举的锄头，挖出一个又一个坑
种子、禾苗、飞鸟、田鼠……
一个一个往里跳
自己也往里跳

不是陷阱，也不深
种子、禾苗、飞鸟、田鼠

会自己跳出来
那个挖坑的人，跳不出来

3

夜读诗，你说我病了，得治
我为谁而病？
秋风起于萍，人迹终于雪
一轮悬月，西山吞下半片
半片在她唇下

4

夕阳熔掉自己
华氏451度，那个人
把一张纸里的蝴蝶放飞

花啊草啊，长得正好
光线持续暗下去

别样的蝴蝶，旷野虚无
最漂亮的一只，翩翩而至
绕我三匝，斜出的左翅
一倾，再倾，深情款款
"傅兄，请了——"（注）

注：仿陈先发语

我爱的，正是悲伤

沾花惹露的蝴蝶
你还在追

追一只，追出一群蝴蝶
花草起伏间
一群蝴蝶在追你

谁是谁的蝴蝶？
春和景明，万物新生
春天该有的样子，都有了

而我中年之爱
越深沉、执着，也越悲伤

轮回的桃花

我有一匹绿毯
早于春天铺在你的门前
你可以踏上它
很快达到前边的山坡
刚下过雨，你走在绿毯子上
会渗出一些水
但与泥泞隔着一个轮回
绿毯上有我绣出的桃花
它不会比你更美丽
只是我觉得你前去的每一步
都必须有桃花
走完了这条绿毯，就是草坪和花园
你将在那里与春天平起平坐
并佩戴上紫罗兰和玫瑰的花冠
一切都是最好的
我可以放心地死去

越走越远的人

那个越走越远的人
与参照物构成的锐角
越来越尖锐
最终磨成治愈自己的针

黑夜如蛹。它吐出的气泡
带着七彩的光

燕羽的眼睛，途中的花朵
河中的倒影，在推演

在消失——
一条路，一条河
越绷越紧的一张弓
蓄势把你和山水，弹射出去

我的爱

我爱的那个人
消失在人群里

回到源头的河流……

我爱上了
大街上所有的人

诗无题

三月种下的牡丹
开了

谁也阻挡不了她开
开在夜晚
开在月色里
开在一个人的命里

谁也阻挡不了她开
一如你不能阻止
她一天天凋谢

在街头

人车汹涌

站在行道树的阴凉下

仿佛流水溢出的符号

我像个有闲人，看局外的错杂

上班族、打工者、小商贩、推销产品的大学生……

似曾相识的面孔

几个老人步态不稳

远远看去，像我逝去多年的父母

走近了才发现

他们比我的亲人苍老很多

一对还没发育完全的小情侣

招摇而过，我不准备为他们多说什么

作为一个诗人，我得告诉你

我看见一个漂亮的女人

她骑着一辆墨绿色的单车

有节奏地荡开阳光

吹过我的风，撩起她的裙子

以至于我没看清她的脸

裂　纹

鸿沟，是草蛇灰线
是天涯，是生死

万物的裂纹，曾经的柔软
是滴水和触须
你的重量、尖锐和硬度
才是碎片

那么，一条裂开大地的河流
一边寻找，一边放弃
它开谢的浪花
哪一朵，是不败的完整？

因为爱

阳光下
陷阱、高塔；虚实和云泥
得以见，分不明

那么温暖而柔软
慢慢蚀去一个人的硬度

这些触须：叶脉、年轮、波纹，沟壑……
向上的重量
藤蔓的缠绕讳莫如深
留下朝夕的缝隙

碎片，完整的个体
它用或明或暗的光
一边寻找，一边放弃

有谁知道

有幸成为一朵花

或不幸成为一朵花呢

雪 人

清晨，被窗帘拉开
昨夜梦里
隐约有雪的呼吸

一层雾气
蒙在窗玻璃上
你用纸巾反复擦拭——

哦，看清楚了
一行脚印，被雪覆盖
迎风而立的雪人
手中的红玫瑰，正在燃烧

需要的

买回一大堆御寒的衣物
围巾、羽绒服、棉皮鞋……
要度过寒冬
这些东西是需要的
我更需要柴火旺旺的火炉
温一壶花雕
我需要自言自语之后
一个人打瞌睡

峭壁之下

万仞峭壁
野花、落叶松或其他什么
在攀缘

越来越高，风声裂谷
翅膀坠下影子

已经很高了
凝固成化石，一动不动
在削壁之上
一道穿越的光
有飞翔和呼喊的姿态

在仰望里脱离视线
彼此孤独
在深渊的底部
我冒险的恐惧
被一口气拎在半空

叶　子

你说那是一棵树时
其实是说那些叶子

那么多的叶子
没有一片是相同的
有人说是菩提

一棵树在途中
一个行走的人停下来

他是一棵树
他的想法，叶子一样多

风吹过叶子
每一片，都准备离开

苹果味的下午

她坐在街边的台阶上
安静得像落下的一粒灰尘
软糯下来的阳光
斜过头顶的树枝
在她看不清底色的棉外套上
绣上花瓣的补丁

坐在那里
她渐渐平静地呼吸
隐藏着一条呼啸的河流
她在衣襟上擦一个苹果
一朵玫瑰红，就这样被擦出来
她笑了，仿佛看见了自己
比红富士还青春的脸庞
似乎，她大半生的辛苦
一个香甜的苹果就弥补了

秋风起于萍末

交还的落叶暗自成溪

她觉得这个苹果味的下午

每一道光线

都亮着好看的牙齿

我见证过的爱情

沙漠芨芨草的枯枝上
挂着中介蝮蛇的蜕

方向不定的风越急，它缠得越紧
芨芨草的根部，沙砾潦草
沙漠鼠的洞穴并不容易察觉

离希拉穆仁草原还远
是什么留住我疲惫的脚步
这条饥饿的沙漠蛇，潜伏在洞口
保持着一动不动的耐心和毒牙

苍鹰掠过天空，投下死亡的背影
进化的沙漠色，中介蝮蛇守在洞口
等沙漠鼠出来。它确信
那个天使般漂亮的转身，不是童话

它还会出来，一定会出来

多少年过去，一条蛇
爱着的沙漠鼠，一直没出来
它也从没离开
把一场你死我活的僵持
演绎成旷世的爱情

.

如果我有所爱

一些谷子扬向空中
风，吹去瘪籽
沉甸甸的金黄落下来

天空退得高远
一次秋风不够，就用更多次去吹
芳香的果实挂在枝间

水落石出，河床袒露
北雁，为一场雪引路
它给南方带去好消息

如果我有所爱……
一轮新月款款临窗
你的金丝菊最美

荷塘边

突然赶来的雨，我们无处躲藏
折来两帧硕大的荷叶
你一帧，我一帧

时小时大的雨，落下来
叮叮咚咚、噼噼啪啪
倾斜的荷叶
倒出亮晶晶的雨声

腾起雾气的雨
湿了单薄衣衫
捕获的蜻蜓，不知道飞到了哪里

那时，还没学会把荷叶
比喻成沉默的酒杯
也不会想到，阳光出来时

我们擎着的清香
已被紧紧握在缩成的拳头里

它一定还握住了
梦里的惊雷和另一场雨

握　住

我握住了
黑夜递过来的新叶
以及，叶子上的露水
鸟鸣，闪着微光

我握住了
穿过黑夜的良机

亲人留在了旧地，炊烟和乳名
除了一腔血脉
带走的籍贯
我握住了夕阳的软肋和呼吸

相比而言

不小心，一粒沙
磕去了我的半粒牙齿
我吞咽过不少硌牙的东西
却不想消化自己的牙齿
我吐出了它们
却没有吐出隐隐的疼

这没有什么
此刻，龋齿的山峰
正紧紧咬住夕阳的半壁
互为凹凸、镶嵌、咬合
以退为进，攻守之间
光明和黑暗的城下之盟
在我的窗前签订——

这些灰烬……

相比而言，我是幸运的
在齿不关风之前，在陌生之地
还有青峰对坐
还能胜任一杯小酒，三两米饭
还能对南来风，北来雪
完整且清晰地说出
我的感谢

落叶的补丁

落叶，快落不下去了

不是那些叶子

享受了多少阳光雨露和鸟鸣

不忍心离开

不是落叶太多，容不下另外的落叶

在城市，再多的落叶

都有一把负责任的扫帚

在乡村，每一寸泥土都是好去处

秋风起，那个人站在高处的人

布满落叶的补丁

他写下的诗行

容不下那么多的重逢

泥土里的根

一阵风，枝间的雪落下来
一群麻雀飞起来
先前落尽叶子，不知所踪

一棵老刺槐树
在天空，越来越潦草
我不知道
残墙断壁处
突然露出的笑脸
虚晃的影子
需要多久，才能消散花香

我知道，为了够得着你的繁荫
你把泥土里的根，往我的方向
又掘进了一寸

一茎草的重量

一茎草
越来越把握不了自己
从春到秋积攒的飘动，在风里折断

除了泥土里的根
没有什么不被吹送

包括告别
它飘落的清潭，虚置野火

你的明眸
一茎草的重量
能制造的涟漪，聊胜于无

第五辑

○
○
○

我唱不出那首歌的高音
更握不紧一条牧鞭的呼啸

那　年

那年，九华山的盛名
尚是地藏菩萨的秘籍

徒步后山，攀缘而上
一座环视幽谷的山寺
在等我。它那时的名讳
是不是现在的法号
已不重要，记得我抵达时
黄昏正把它的金箔
往落寞的院落里集中

晚课将近，游客不多
微风推移一些光斑到林木里去
僧侣们的影子
像刚从石头里走出来

他们各忙各的
一条悬空的青岩石条上
两个老年的僧侣
各端着自己的饭钵
在对坐

听不清，一幅剪影的交谈
也看不见，他们中间的托盘上
到底装着些什么
值得他们去反复指点

可能是清风明月
现在是刚好的夕阳

经过我的风，一直在吹

一阵风，吹着绿

在我的眼前，顺着山坡向上

向前，翻过去了

一阵风，又一阵风

吹向前方，绿裹挟着绿

似乎不会停下来

抑或，一阵风的后面

被更浓的绿追赶？

它们更愿意在荒芜之地

把根深深扎进

另一些人的生活里

记忆在时光里搁浅

经过我的风，一直在吹

它没能带走我

带走了我的羊群

大海，也是一片落叶

蓝天与大海呼应的弧度
仿佛是某种成全和眷顾
它们遥不可及
默契地交换永恒的秘密

游轮的甲板上
浪花，在一张张面孔上潮湿
失去方向感的我们
在不同的方言里预见南北

所有的路都是试探，航向也是
当大海挂上太阳的表盘
一再推远的一线天不着边际
我们还是不知道
天蓝与海蓝，哪种是心里的蓝

或短或长的旅行
轰鸣的马达，吃水吐出的真相
越来越脱离原初的认知
只有伴行的海鸥
这大海的古老居民
一直保持着蛊惑的热情

一滴海水、一粒盐
整个上午
我们都在模仿一片落叶
如何重回枝头

往西，我也不是一座山峰

往西，进入藏地
群山如众僧罗列
说不清，哪山更高，哪水更长
转过山，似乎还是那座山
你若能指出它们的差异
就能说清，那只高飞的鹰
为什么是放牧在天空中
最孤独的一只羊？

往西，一座山的海拔
高上去，接驳下来的紫外线
点燃冷焰。这神奇、神秘的属地
隐形的翅膀在飞
沸点很低，适合青稞酿酒
没有归栏的牛羊，仿佛残雪
朝拜者手持转经筒

用最低的身姿向神明耳语

彩旗、经幡，佛塔
寨子、帐篷、海子和藏歌
鹰隼般深邃的眼睛
藏住掖不住的烟火，仪式里
格桑花开得越旺盛越孤单

往西，群山迎迓
六字真言之外
高兴时舞蹈，悲伤时也舞蹈
当我走进山寨
迎宾的马奶酒，一朵朵酡红
兄弟！你献给我的长哈达
正是我走过的千山万水

当一堆熊熊燃烧的篝火
在欢唱中闪烁
我悄悄脱离了歌舞的人群
当星光缀满夜晚的幕布
你知道，我唱不出那首歌的高音
更握不紧一条牧鞭的呼啸

在天空浮游，我关心大地

再次在天空浮游，

巨大轰鸣，于引力脱不了干系

大地、天空互为一面镜子

相似的名词佐证一次旁观

仿佛爱旧了一场难愈

谁在奔走？建造飞行器的人

还是飞行器本身

抑或，假借浮萍或落叶翅膀

遁去的马车，抽离了曲线的理论

懒得去发动一场新的命名

钢铁的心脏，柔软的呼吸

朵朵浮云一再临窗，都是过客

8排D座，我的目光始终向外，向下

努力回避旁坐女孩的香腮

起跑线上的时差，错过各自的风景

我们却借此共存

我就是我，你还是你

地狱和天堂，我们爱着的人间

画出一个圆，但不是圆满

途中的火山

死去的火山

吐尽了火焰，开始吐长年的雪

雪峰屹立，神的居所

鹰飞不过，火灰岩禁锢的孤岛

当离析之雪，止住呼啸

被冰封的传说

有水的涟漪、云的旋涡

那个寻找雪莲的人

他的担子里没有雪莲

有轻重不均，大小不等的冰雕

沿着雪走过的路

雪峰不动，他的影子在移动

别过寸草不生的灰暗地带

他取回了一座山的火种

腾空的位置

人过中年，再有的游历只是寻找
沙漏里不多的沙子
值千金，是扬向墓穴的最后那把土

人过中年，可以不读书，不建造
除了竖碑，不树新敌
无论卑贱，感时的花草
轻如鸿毛

人过中年，腾空的位置上
青山不再奔赴，流水绕过它时
也闭上了喧嚷的嘴唇

沙漠鹰

一只沙漠鹰
从突兀的峭壁间飞起
像一块凝重的石块
在呼啸

它不落下来
地平线的河流，落日浑圆
一只鹰的旧巢
它朝那里飞，飞着飞着
就把自己
熔成交还的金粒

在胡桃里

餐桌在缓慢转动
不停下来时
你得忽略些什么

色彩和味觉，音乐和灯光
维系我们的纽带
是一块磁铁

一起晚餐，只因
共同拥有的某一时刻
被提起和尊重

来不及说声谢谢
荷尔蒙的舞池
唱片上的流逝……

餐桌斑斓
辽阔的自我放逐之地
未到互道晚安的时间

推远市声，满月素面
曲目更新之后，数次跌倒的酒杯
仿佛推倒了可以重来的骨牌

在朱美拉海滩酒店早餐

阳光临窗，她又坐在昨天的位置上

一袭白衣，黑纱巾罩着面孔

一双眼睛微微垂向内心

客人渐渐多起来

面包、鸡蛋、一杯牛奶、几枚浆果

她安静如一朵闲花。哦，哦——

深陷的眼窝，高挺的鼻梁

白皙的肤色，吹弹可破

她操纵刀叉的动作，熟练而优雅

天使也需要人间烟火？

这不是吸引我的全部，迪拜的世界建筑

一再推远的沙漠和天空

阿曼海、椰枣，王子的爱情神秘而传奇

天空和大海各领一面镜子

人影或疏或密。居高而不望远

一潭止水。旁侧，客来客往

空了的餐具，新换的餐巾依旧热情
钞票可爱，微笑永不失效
有人点点头离去
有人继续在蓝莓的果汁里流连
并不着急回答阿拉伯的问题
也不急着彼此忘记

做一回骑手

吴侬软语乌篷船的南国
没有草原和马
奔袭万里，我只想做回骑手

夕阳脱下王冠
它的老年斑在马桩那儿
被一匹马跪起来

那时，驯兽师的鞭子
只是佯举，驾驭一匹马的要领
他的一直在反复
马，立在旁侧
只打了一个响鼻

我翻身上去，提缰、蹬鞍
沿着规定的草场线路去

可是，胯下的马
淡然、冷漠，不紧不慢
我像骑上了一匹假马

下马，缴费，我没说一句话
也许说了
被越来越浓的暮色
带到了草原深处，也未可知

栖霞山在奔跑

一群山，在奔跑

像飞马、像驰象，像巨龙和花斑虎
云雾腾空，山河摇动
林间的回声，经久不息

你所看见的
紫金草、鹅掌楸、鸡爪槭、榉树……
早已起身
似乎时间和溪流也被鼓动
它们一起飞——

跑着跑着
就跑出了天地的栅栏

桑巴兄弟

朔风负责把这些草

吹成金黄，高海拔的阳光

沥干金色里的水分

心无杂念的桑巴兄弟

把草原的名词

收放整齐，码成垛，让随后的雪

微微隆起平滑的弧度

哦，远远望去

除了炽热的炉火

所有高出的部分

都是牛羊受孕的腹部

舍利塔

照耀过隋朝阳光的人
在这里安眠
你还站着，怀揣舍利灵骨
接纳 21 世纪的晨曦

鸟鸣滴露，传奇赋予神奇
虎踞龙盘的圣地，流芳百世
为你而来的人，心里佛光摇曳
他们围着信奉缓步三圈
把心中的秘密悄悄缠紧
你也目随心动，把他们看了数遍
我们都是至亲

水流长江，人往高处
当满山的枫叶高出夕阳
你就提着明月的灯盏

去找故人
一杯陆羽茶庄的名茶
氤氲出那么多好消息

跟我走吧

毗卢佛不开口说话
一开口说话
就会说出心中的苦

云缠雾绕的庙宇
高居佛堂，你只是你
离阳光很远

孤独的木鱼，终不是鱼
游不出佛心之海
而人间莲花盛开

你总是垂目默课
实不忍见那些虔诚的香客
把自己当作高香
举过头顶

谁是谁的施主？

当香火如灰，山河依然锦绣

你想走下来，走出去

你悄悄张开的双眸

灯火璀璨

有着炊烟的温暖

在西安兵马俑

这些泥塑的肉身
与我们别无二致
那天在护栏外等待参观的人
比他们的队列，要长很多
这让我们彼此的关心
获得了嫁接和飘逸
被一些灯光托举
我一直挪动着小心
慢慢跟进，不能惊扰重启的尘封
也不能踩痛现实的一双脚
在一尊刚出土的陶俑前
我停下来：
他风尘仆仆，好像刚卸下鞍马
他满面泥土，仿佛刚从农田里爬出来
我们无语对视很久
看出了彼此的沧桑和漏洞

当他把目光，转向我身边的女伴时
他深渊般的眼睛
突然噙着泪水，想说什么
我知道，这一刻
他把她们认着了
自己的母亲、妻子或女儿

一滴水的黄河

清亮的一滴
是后来的一滴
一滴雨汇成黄河

一条黄河的河
在血管里喧响，惊涛拍岸

黄土地、黄皮肤、黄高粱
一条河，一条路
迂回曲折，巨石
把更高的浪花开在天空

一条巨龙
埋头走向东方的人
在黄海湾，托起一轮朝阳

一滴雨的家国
万千山水在奔赴

寺外的桃花

寺墙外的几株桃花
高过往年
像一个局外人

尘世里外
八百年古银杏，树枝疏密
披挂祈福的红黄
成年累月地旧去

走进佛殿的人
因春水决堤，心有漏洞
他把自己举起来
头顶三尺的福祉，仿佛创可贴

鼓磬声断，梵音幽深
妥协在新的活法里

莲花朵朵，在放生池里脱胎换骨
桃花灼灼，在你离开的背影中
满怀愧疚

回音壁

这巨大的容器

群峰、丛林、深渊、雾霭在悄悄转动

与你对坐的杯盏

装得下吞天沃日的云蒸霞蔚

你的块垒，飞鸟的翅膀一直陡峭

一块陨石，挡不住一群蚂蚁的进退

久在山中，可以伟大，可以渺小

当巨峰的齿轮从会意简化为象形或指事

涓涓细流和山语林涛

也是海螺亿年前的复调和变腔

一束藤蔓，缘着高大的乔木寄生

看不出谁更不幸，它们早已握手言和

野山花沿途布展，隐居者怀拥一刹古寺

湿漉漉的青苔上，一些光，滑下来

"嘀嗒，啪嗒……"耳语般斑驳

消失本身，被知音曲缠绕

你的胸腔，这狭小的易朽的容器

一枚松针，轻轻落下

惊涛席卷，万仞峭壁掏出苍茫的回声

夜航，在一条沉睡的江上

一条江在沉睡
不闻两岸猿声，易逝的灯火
掀起夜幕一角，漫不经心
或迫不及待地看了我一下
又隐去黑暗之中

一条船在沉睡
独在甲板上，抽烟、忘事
出发时的半轮月，不即不离
位置已悄悄发生了偏离

船行逆水，有那么一刻
我觉得我不是在向前去
而是在不断地退后，退到虚无里

过巫峡，瞿塘峡的夜更深了

一日还的激流险滩，用去数十年准备
崖壁上，江水起伏的留痕深深浅浅
我看不见，临崖石刻里的日常和传说

悄悄离开和抵达，都是计划里的事情
一条江在沉睡，一条船在梦游
突然响起的一声汽笛，沉闷而苍茫
万壑幽深，江中的航标灯闪了一下
有什么在白帝城的灯光里醒来

潮居蟹

潮居蟹的大海
在沙滩上短暂，在浩瀚里永恒

我在太平洋、印度洋
见过来自大西洋和北冰洋的它们

除了心与心的距离遥远
没有什么不可以绕指柔

面朝大海
我的眼界不成气候
一只脚印里的蟹
划出无法僭越的鸿沟

错过了最美好的一秒
亿万年还是太短
潮居蟹的格局，骨骼断裂的回声
应和着万顷涛声

第一次遇见大海

这海滩，到底有些什么
海浪一次次扑上来

沙粒、卵石……海螺空洞
看海人的脚印
反复被抚平

第一次遇见大海
兴奋的小孙女
把小螃蟹和一些海草
放进粉红色的塑料桶里

她要把它们带回家
她带不走大海
我也不说破，活着的小螃蟹
离开一滴眼泪后的结局

北方的雪，最适合在云之南融化

我北方的雪，在云南融化掉了

洱海、泸沽湖、大理、香格里拉

和丽江古城

每到一处，就融掉一点

毫无声息地融入泥土

或者羽化成翅膀，那几日

徜徉在四季如春的街头

生命里不多的春天

似乎找到了源头和根脉

只有在玉龙雪山的高度

我心里的雪，得到了呼应

但那是个秘密，我不道破

我想说的是，在云之南

一朵花，一块石头，一段流水

一杯普洱茶的窗口，不属于我

我想借用一个晚上

不 安

惊鸿一瞥
是此处的绿痕开合

在某处景点
一只小鹿，突然现身
我们还没拿出手机
那片丛林，又安静下来

它去了哪里？
这以后的行程
总有一双慌乱的眼睛
在看着我们

我们的相遇如此短暂

四亿年的潮水退去
含钙含盐的骨骼
阳光一样原始

还是翅膀一样生动
丛林、花草、游客，栩栩如生
阿诗玛的山歌
贴壁即成涛声

一片树荫下
我附缘不上万仞陡峭
用仅有的百年
兑换永恒

心有丘壑，大海蔚蓝
亿亿年的石林，亿亿年的守望
我们的相遇，过于短暂
你的等待，多么值得

一场雪，在途中

西伯利亚的寒流
在酝酿一场雪

江淮分水岭
不是一场雪的分界线

我去过雪的诞生地
那里，海拔高
教堂的塔尖也很高
鸣鸽的翅膀下
一杯伏特加，冬天漫长

一场雪在途中……

它就将穿过白桦林
越过黑河

横跨东北三省。面对黄河
它不会停下来
在秦岭，在渤海湾，也不会停下来
黄淮海平原一马平川

南下的一场雪
正把我曾经寻雪的行踪
——抹去

行李箱

牵着地球的引力线
我在天空飞

在飞行器的舱里
在风筝的飘摇中

是云，追着我飞
是天使携着我飞
她扇动一次翅膀
天地就昼夜交替一次

更多的时候
是另一个自己在飞
我不是一个人在飞
一只泛色的行李箱
装着来处的山水

三角梅，在盛开

一株三角梅，盛开
更多的，开在途中……

喜欢你。你的红
是没有杂质的羞红
盛开的每一朵
都顽皮地嘟着小嘴
痒痒地，向我吹香气

喜欢你。
以及你身后的衬托和点缀
矮墙、闲草、数丛修竹
更远些的灵峰，秀笔一捺
掩去深处的苍茫

五月的桐花，遍地雪白

而你一束火红

谁在镜头里明眸皓齿？

这不重要了

雁荡山，最红的那朵三角梅

可供我虚度余生

异地，或远去的目光

目送一片白云，远去
已经十八里了
目光还不回来

那一刻，是目光送白云
还是那片白云接走我的目光
我分不清了

那么多的亭榭和断桥
我就想，最大的可能性是
它们相携着私奔，或在
我看不见的地方
等离开我的人
并熟练地说出她陌生的名字

在希拉穆仁草原

只有到过希拉穆仁草原的人
才会觉得，做一株草
在风中摇曳，是幸福的

一望无际的绿，倒映在天上
白云缓缓移动
整个草原的写意
缀满纹理细腻的绣朵

萨日朗花、野百合和杜鹃
羊群口吐的莲花
你不是其中的一朵

一位牧人
在时空深处坐着
怀中的牧鞭，仿佛虚置

游客从他身边走过
他始终不说一句话

他心里一定醒着什么
我们不能轻易地揣度

停下来

落日盛大，我们没有停下来
在一群羊的惶恐中
我们停下来

红柳、灌木林、碱茅
别过千山万水
在塔里木河沿岸
塔克拉玛干沙漠或视线不及处
被椋鸟和沙雀抬高
再轻轻放下，别样的景致
我们没有停下来

在抵达雪山之前
一群羊，挤在公路的一侧
一团失去秩序的雪
发出不安的叫声

犹豫、彷徨、无助

近乎绝望。当托木尔峰的雪落下来时

几只头羊，不再犹豫

没有再看一眼我们

领着羊群，决绝地穿了过去

它们的远方

还是荒漠和草原

它们需要经历多少凶险

才能继续一场雪？

目送它们远去

这世界，仅为此安静一小会儿